星の時

クラリッセ・リスペクトル

福嶋伸洋＝訳

河出書房新社

A Hora da Estrela / Clarice Lispector

写真＝Vicente de Mello
装幀・組版＝佐々木暁

星の時

『ぼくのせい』
　または
『星の時』
　または
『なんとかする彼女』
　または
『叫ぶ権利』
　または
『未来については』
　または
『あるブルーの嘆き』
　または
『彼女は叫べない』

または
『ある喪失感』
または
『暗い風のなかの口笛』
または
『ぼくには何もできない』
または
『前に起こった事実の記録』
または
『三文小説の涙物語』
または
『裏口からこっそりと抜け出す』

著者からの献辞（実際にはクラリッセ・リスペクトルによる）

この作品を、今日では残念ながらすでに骨となっている古きシューマンとその美しき妻クララに捧げる。ぼくは壮年の自分の血のような深紅の色に、それゆえ自分自身に、みずからを捧げる。ぼくの人生に住みついている地の精《ノーム》、小人、風の精《シルフィード》、水の精《ニンフ》に捧げる。自分のかつての貧しさに、食べるものが少なくてもすべてに尊厳のあった時代に、まだロブスターを食べたことがなかった時代に捧げる。ベートーヴェンの嵐に捧げる。バッハの中間色の揺らぎに捧げる。ぼくの骨を柔らかくしてしまうショパンの音楽に。ぼくを驚かせ、火に包んで空を飛ばすストラヴィンスキーに。リヒャルト・シュトラウスがぼくにある運命を明かしているかもしれない「死と変容」に。何より、きのうの夜ときょうの日に、ドビュッシーの透き通ったヴェールに、マルロス・ノブリ〔ブラジル、レシーフェ出身の作曲家〕に、プロコフィエフに、カール・オルフに、シェーンベルクに、十二音技法音階の作曲家たちに、電子音楽の切り裂くような叫びに――ぼくのなかの驚くべき未知の領域にふれた彼らすべてに、現在を予言した者であり、ぼくがこの瞬間に自分のなかで爆発するに至るまで未来を予告した彼らすべてに。このぼくはあなたがたでもある。それはぼくが自分でしかないことに耐えられないからだ。自分として立ち続けているために、ぼくには他人が必要だ。ぼくはあまりにも愚かで、斜に構えている。結局、黙想によってのみ達することのできるあの完全な空虚に落ちてゆくために、黙想の他に手段はあるだろうか。黙想して結果を得る必要はない。黙想はそれ自体が目的でありうる。ぼくは言葉なく無について黙想する。ぼくの人生を乱すのは書くことだ。

そして――原子の構造を見ることはできないけれどその存在は知られている、という事実を忘れないこと。ぼくは自分の目で見たことのない多くの物事を知っている。あなたがたもそうだ。最も真実であるものの存在を証明することはできない。ただ信じるしかない。泣きながら信じるしか。

この物語は、緊急事態、多くの人びとにとっての災厄のなかで起こる。答えがないので、未完の本でもある。世界の誰かがぼくにその答えを与えることを期待している。あなたがたが？　ちょっとした贅沢のためにテクニカラーを使った物語であり、神に誓って、ぼくもその贅沢を必要としていると言っておこう。ぼくたちみんなに神様のご加護を。

世界のすべては、ひとつの「イエス」から始まった。ひとつの分子がもうひとつの分子にイエスと言って、生命が誕生した。でも、歴史が始まる前のそのまた前には、先史の先史とか、いちども存在したことのない時代とかがあって、「イエス」があった。それはずっとあった。よくわからないけど、宇宙の始まりというものが存在したことはない。

誤解しないでもらいたい、ぼくがこういう単純な答えにたどり着いたのは、たくさん考え抜いた末のことだ。

疑問に対する答えを見つけ出せないでいるあいだは、書き続けようと思う。物事は起こる以前に起こってしまっているというのに、どうやったら最初から始められるだろう？　先々史の時代よりも前には、黙示録に出てくるような怪物たちがすでに存在していたというのに？　この物語がまだ存在しないとしても、いつか存在するようになる。考えることはひとつの出来事。感じることはひとつの事実。そのふたつがいっしょになると――ぼくはぼくが書いているものを書いているということになる。神は世界。真実というものはいつも心のうちの感触にすぎなくて、説明することができない。最も真実に近いぼくの人生は認識することはできず、心のずっと奥深いところにあって、それを指し示す言葉はひとつとして存在しない。ぼくの心はどんな望みもなくしてしまって、最後の鼓動、あるいは最初の鼓動だけになる。この物語を書いているあいだずっと、ぼくの口の中で激しい歯の痛みが続いていた。だからぼくは大きく高い声で、先走りがちで、高音域が耳障りな旋律を歌う——それはぼくの、世界を背負って幸せを欠いたぼくの痛みそのものだ。幸せ？　こんなに痛ましい言葉を他に知らない。群れを成してそこらへんを歩く北東部《ノルデスチ》の女たちが発明した言葉だ。

　これからぼくが書くこの物語は、しだいに見えてきたことの結果になると思う——二年半前から、いくつもの因果が見えてきた。それも、間近に差し迫って。何が？　もしかするとあとでわかるかもしれない。ぼくは読まれているのと同時に書いているのだから。でも死が人生を語るように、始まりを正当化するような結末から書いたりはしない。先立つ出来事から書き留める必要があるから。

　ぼくはいまこの瞬間、こんな他人事の、あからさまな話であなたがたの領分に入り込んでしまうことに、恥じらいを先取りしながら書いている。でも、生命力あふれる、あえぐような血が、もしかしたらそこから滴り出てきて、震えるゼリーみたいな四角い形にすぐに固まるかもしれない。この物語はいつか、ぼくの血のかたまりになるんだろうか？　そんなことがわかるはずはない。そこには真実味があるかもしれないし――もちろん、物語というのは、作り出されたものであっても真実だ――、ひとりひとりが自分のなかにその真実を認めるかもしれない。ぼくたちはみんなそれぞれがひとりの人間であり、お金に事欠いていない人は、黄金より貴重なものが欠けているために、精神に、あるいは追憶に事欠いている――繊細な本質を欠いている人も存在する。

　この物語でこれから起こること、まだ知らないことすべてを、経験したこともないのにぼくが知っているとは、どういうことだろう？　リオデジャネイロのある通りで、北東部《ノルデスチ》から来た女の顔に浮かんだ破滅の感覚を、ぼくは一瞬、空中でつかみ取った。ぼくが子どもの頃、北東部《ノルデスチ》で育ったことは言うまでもない。生きながら学んだこともたくさんある。自分が知っていると知らないまま、知って生きていることがある。そんなふうに、あなたがたも自分が思う以上に知っていることがあって、ずる賢く振る舞っている。

ぼくにはあなたがたの存在を支える言葉を使う必要があるけれど、難しく書くつもりはない。

この物語には――自由意思がぼくにあるものとして決めつけるけれど――だいたい七人の登場人物がいて、もちろん、ぼくはなかでも最も重要な人物のひとりだ。ぼくはロドリーゴ・S・Mという古い人間で、現代風である振りをするつもりもないし、独創を気取って流行り言葉を使うつもりもない。いつもの習慣に反して、始まりと真ん中とがあり、静けさと雨降りに続く「グランド・フィナーレ」がある物語を書いてみようと思う。

他人事の、あからさまな物語ではあるけれど、そこには秘密も隠されている――題名のひとつから始めるなら、それは『未来については』で、前にも後ろにも区切りが付いている。ぼくの気まぐれではなく、たぶん最後には、そんなふうに区切る必要があることがわかってもらえると思う。（ごくぼんやりとだけど、ぼくの貧しい想像力では、壮大な結末を見通すことができている）。終止符ではなく、言葉の途切れを示す三つの点が後ろに付いていたら、その題名はもっと、あなたがたの、たぶん不健全な、憐れみのない想像力をかき立てるものになるだろう。確かにぼくも、主人公である北東部から来た女《ノルデスチーナ》に憐れみを抱いてはいない。これが冷酷な報告となることをぼくは望んでいる。痛々しいほど冷酷になる権利がぼくにはあるけれど、あなたがたにはない。そういうあれこれのために、ぼくはあなたがたに譲歩したりはしない。物語ることだけではなく、何よりも、ずっと呼吸し続けているありのままの生のこと。この穴だらけの素材、原子同士がぶつかって轟音を立てるかもしれない分子の生を、いつかぼくはこの物語のなかで生きることになるだろう。ぼくが書いているのは創作以上のものであって、何百万といる女の子のうちのひとりであるその子について語ることは、ぼくの義務である。そして、あまりうまくはできないとしても、彼女の生について明らかにする責任がぼくにはある。

だって、叫ぶ権利というものが存在するから。

だからぼくは叫ぶ。

叫びたいがための叫びで、ほどこしがほしいわけではない。安いモルタデッラのサンドイッチではなく、きちんとした夕食を食べたいがために、体を、たったひとつの持ち物である体を売る女の子たちがいることは知っている。でも、ぼくがこれから話す女の子は、売るような体を持ってもいないし、誰も彼女をほしがったりはしない。彼女は処女で無害で、いなくなっても誰も困りはしない。というか——いま気づいたけれど——ぼく自身だって、いなくなっても誰も困りはしないし、ぼくが書くものも、他の書き手にも書けそうなものだ。他の書き手、でもそれは男でなければならない。だって女の書き手というものは、つまらないことですぐに涙ぐむから。

北東部の女《ノルデスチーナ》は何百万と散らばっていて、安い集合住宅とか、寝室のベッドの空いたところにいたり、あるいはカウンターの後ろに座って疲れ果てるまで働いていたりする。彼女たちは、自分がいくらでも取り替えがきくということに気づいていないし、存在していてもいなくても同じようなものだということにも気づいていない。不満を言う人はほとんどいないし、ぼくの知るかぎり、自分が誰だかわからないということに不平を言う人もいない。そんな人はいないのかもしれない。

始めるにあたって、ぼくは体を温め、両手をこすり合わせて、勇気をかき立てようとしている。いま思い出したけれど、精神を奮い立たせるために祈ったこともあった。動くのは精神だから。祈るのは、沈黙して、誰からも隠れて自分自身にたどり着くためだった。祈れば、魂に空白を得ることができた。そしてその空白は、ぼくが決して手に入れることのできないもののすべてだった。あるいはそれ以上のもの、無だった。でも空虚とは満たされていることに似ているし、同じ価値を持っている。何かを手に入れる方法は探さないこと、所有する方法は求めないこと、そしてただ、自分のなかにあると信じている沈黙が、自分の——自分の謎の答えだと信じること。

　すでにほのめかしたように、ぼくは文章を少しずつ、より単純にしていくつもりだ。というか、ぼくが使う素材はあまりにも慎ましく質素なものだ。登場人物たちについてのわずかではっきりしない情報は、ぼくのなかを痛ましく巡っている。そしてその作業は大工みたいだ。

　そう、でも忘れてはならないのは、何を書くとしても、ぼくの基本の素材は言葉であるということ。だからこの物語は、集まっては文章になる言葉で作られるし、そこから言葉や文章を超える秘密の意味が立ち上ってくるだろう。もちろん、他のあらゆる作家と同じく、ぼくもみずみずしい単語を使いたい誘惑に駆られはする。輝きあふれる形容詞や、肉感のある名詞、すらりとした動詞を知っている。それらは出来事となって、空気をつんざくことができるだろう。言葉は出来事になるから。同意してもらえるだろうか？　でも言葉を飾るつもりはない、なぜならぼくが飾った言葉でその女の子のパンにふれれば、パンは黄金に変わってしまうから。そしてその若い子（彼女は十九歳だった）がパンを噛めなくなって、死ぬほど空腹になるから。彼女の繊細であやふやな存在を捉えるためには、単純な言葉で語らなければならない。ぼくは控えめに――でも控えめさをひけらかせば控えめではなくなってしまうので、それは避けて――すべてが彼女の敵であるような街での、そのささやかな冒険のいくつかを語るに留めたい。ぼろの服を着て、タイプライターの打ち方も知らず、アラゴーアスのあの荒野《セルタオン》から出るべきではなかったかもしれない彼女、というのも小学校には三年までしか行かず、文章を書くのはひどくへただったから。無知で、タイプライターもひと文字ひと文字ゆっくりと打たなければ書き写せなかった。タイプライターのだいたいの打ち方を彼女に教えたのは叔母だった。それで女の子は自信をつけた。ついにタイピストになれた、と。ただどうやらふたつの子音が続く単語があるという事実を認めてはいないらしくて、愛すべき上司の「designar」という美しい丸文字を、話し言葉の発音に合わせて「desiguinar」と写していた。

ぼくが自分についての話を続けることを赦してほしい。というのもぼくにとって自分は未知の存在だから。書いていると、自分に運命があるということに気づいて少し驚かされる。こう問いかけたことのない人がいるだろうか？――自分は怪物なのか、それともこれが人間というものなのか、と。

その女の子は、当てもなく生きているだけでなく、自分について何も知らなかったということは、あらかじめ断っておきたい。「わたしは誰？」と問う愚かさがもしあれば、彼女は地面にばったりと倒れてしまっていたことだろう。というのも、「わたしは誰？」という問いは、不足を生じさせるから。不足をどうやって満足に変えることができるだろう？　自問するのは不完全な人間だ。

ぼくが語ろうとしている人は、ただの通行人に微笑みかけることさえあるほど愚かだ。誰もその微笑みに応じないのは、彼女を見てもいないから。

自分の話に戻ろう。ぼくが書こうとしているものは、要求の高い、洗練を求める精神にはなじまないかもしれない。それは、裸のようにありのままのことだから。その背景には――まさにいまみたいな――寝苦しい夜にいつもぼくの夢のなかに現れる、苦しく薄暗い影がある。だからどうかこれから始まる物語に、星々を期待しないでほしい。煌めくものは何もないし、素材は不透明に濁っていて、その本質は誰からも軽蔑されるようなものでしかない。この物語には、美しく歌われるような旋律はない。ときにリズムもずれてしまう。そして事実がある。ぼくはあるとき突然、作りごとのない事実に魅せられるようになった——事実は硬い石であり、ぼくは、考えることよりも行動することをおもしろいと思う。事実から逃げることはできない。

　先に結末を素描しておくべきだろうか。でもぼく自身にも、この話がどんなふうに終わるのかよくわかっていない。それに、時が定めた期限に合うように、一歩ずつ歩んでいかなければならないということも理解している。動物だって時間と折り合いをつけながら生きている。それがぼくにとっても第一の条件だ。この女の子に対して、せっかちになる気持ちを抑えて、ゆっくり歩いていくという条件。

　この物語で、ぼくも彼女に同情するし、どんな一日も死から盗み取られたものだということはよく知っている。ぼくは知性ではなく体を使って書く人間だ。湿った靄のようなものを書き、鍾乳石やレースや歪んだオルガン音楽のいくつもの影がばらばらに重なり合ってできた音である言葉を使う。豊かで病んでいて暗く震えるその網には、重厚な苦しみの低音部があって、あえてそこに向かって言葉をわめく度胸はぼくにはない。陽気に速く《アレグロ・コン・ブリオ》。だからぼくは、炭から黄金を取り出そうと思う。自分が物語を先延ばしにして、ボールなしでサッカーをやっていることはわかっている。事実であるのは出来事と書いただろうか？　この本は言葉なしに作られると誓おう。これはむしろ、言葉のない一枚の写真だ。ひとつの沈黙、ひとつの問いだ。

　でも、こんなことを書いているのもみんな、ただ物語の貧弱さを先送りするためでしかない気もする。ぼくは恐れている。ぼくの人生にあのタイピストの女の子が現れるまで、文筆業ではうまく行っていなかったけれど、そこそこ満ち足りてはいた。身の回りのあれこれにまあまあ恵まれていて、完熟したものが腐るように悪くなってしまうことだってありそうなほどだった。

　でも、自分の限界を踏み越えることに突然魅惑された。現実について書こうと思ったのはそのときだ。現実というのは自分を超えるものだから。「現実」が何を意味するとしても。ぼくは甘ったるい物語を語ろうとしているのだろうか？そうなりそうだけど、だからいまぼくは、すべてを乾いた、冷淡なものにしようと思う。それに少なくともぼくが書くものは、誰に好意を求めることもしないし、助けを求めることもしない。それは高貴な威厳をもって、いわゆる苦しみのなかで、じっと耐えている。

　そう。どうやらぼくは文体を変えているようだ。でもぼくは書きたいものだけを書くし、専業の作家でもない——その北東部の女《ノルデスチーナ》について話す必要があって、そうしないと窒息してしまうだけだ。ぼくを責める彼女から、自分を擁護する方法は、彼女について書くこと。生き生きとした、粗い描線で書くこと。さっき言ったような、たわめることのできない石のように堅固な事実と折り合いをつけて書いていくつもりだ。事実を見きわめようとするあいだ、励みになる鐘の音が鳴ることを望みはするけれど。そしてぼくの熱く働く頭の上で、天使たちが目に見えないヴェスパに乗って羽ばたき回ることも望みはする。ぼくの頭は結局はモノになりたがっているから。そうなればことはもっと簡単だ。

出来事は、言葉を超えることがありうるだろうか？

でも書くときには——真の名前が物々に与えられますように。あらゆるものはひとつの言葉。そして言葉が足りなければ創り出されなければならない。あなたがたの神様が、創り出すことをわたしたちに命じたのだから。

どうしてぼくは書くのか？　何よりもまず、ぼくが言葉の本質を捉えたからだ。外形が中身を作ることもある。だからぼくが書くのはあの北東部の女《ノルデスチーナ》のためではなくて、言葉が持つもっと重い「不可抗力」のため、公の書類で「法的効力」と言われるもののためだ。

そう、ぼくの力は孤独にこそある。嵐のような豪雨も、吹き荒れる強風も怖くないのは、ぼく自身も夜の闇だからだ。暗闇のなかで口笛を聞いたり、足音を聞いたりするのはあまりがまんできないけれど。暗闇？　ある恋人のことを思い出す。大人になりかけていた女の子で、体のなかに闇を抱えていた。忘れたことはない——寝た相手のことは決して忘れないものだ。そういう出来事は火傷の跡になって残り、赤むけのタトゥーになる。その焼印に気づいた人たちは怖くなって逃げ出そうとする。

いまこそ、北東部の女《ノルデスチーナ》について語ろう。こういうことだ。彼女は野良犬みたいに、ただ自分の本能に従っていた。彼女は彼女以外の何者でもないから。ぼくも挫折に挫折を重ねて、自分以外の何者でもなくなった。でも、少なくとも世界とその神様を見つけ出したいと思っている。

ついでにその若い子と自分について言っておきたいのは、ぼくたちが他でもなく現在に生きているということで、というのも、ぼくたちの目の前にあるのはいつも、かつ永遠に、今日という日で、明日という日もやがて今日になり、永遠とはこの瞬間における物事のありようでしかないから。

だからこそ、その北東部の女《ノルデスチーナ》について語り始めて怖くなっている。問題は、どうやって書くのかということだ　英語やフランス語を耳で聞いて覚えたように、書き方を耳から覚えたことは確かだ。ぼくの文章の先達は誰か？　飢えた人たちよりお金を持っているせいで、ぼくには不正直なところがある。まさに嘘をつくべき瞬間に嘘をつく。でも書くときに嘘はつかない。他に言っておくべきことは？　そう、ぼくは地位もなく、社会の片隅で生きている。上流階級というのはぼくにとっては奇妙な怪物みたいな存在、中流階級というのはぼくに脅かされるかもしれないと疑っている存在、そして下層の人びとはぼくを相手にしない。

いや、書くのは簡単ではない。岩を砕くように大変なことだ。鉄を磨き上げるときのように、火花や破片が飛び散る。

物語を始めるのを恐れるぼくは、まだその女の子の名前さえわかっていない。単純すぎる物語に絶望してしまうことは言うまでもない。ぼくが語ろうとしていることは、簡単で、誰の手にも届くもののようだ。でもそれを練り上げるのはとてもむずかしい。だって、ほとんど消えかかって見えにくくなっているものを、はっきり見えるようにしなければならないから。泥まみれの固い指で、その泥のなかの目に見えないものを手探りするように。

確信していることがひとつある。この物語は、ある繊細な事柄を扱う。つまり、ぼくと同じように生身で生きるひとりの人間をまるまる創り出す。取り扱いには気をつけてほしい、というのも、ぼくにできるのは、風に吹き飛ばされそうなほど痩せた彼女が軽やかに歩くのを、あなたがたが路上で見かけて彼女だとわかるように、見せてあげることだけだから。もしこれが悲しい物語になったら？　ぼくはあとでまちがいなく何か楽しい出来事についても書く。でも、どうして楽しいものを？　ぼくは陽気な人間だし、もしかするといつか、北東部の女《ノルデスチーナ》の苦境なんかではなくて幸せの歌を歌う日が来るかもしれないから。

　とりあえずいまは、裸でなければぼろをまとって歩きたいし、少なくともいちどは、いわゆる聖体のパンの味気なさを経験してみたい。聖体のパンから世界の味気なさを感じて、無のなかに身を浸す。それがぼくの勇気――古い、心地よい感情を捨て去るという勇気だ。

　いまは心地よくはない。ぼくは肉体労働者だから、その女の子について語るために何日もひげを剃らず、夜更かしを続けて目の下に隈を作り、疲れ切ってうた た寝をするくらいまでやらなければならない。古い、擦り切れた服を着たまま。それはみんな、彼女と同じ水準に自分を置くためのことだ。いまこの瞬間にタイプライターを打っているのが誰なのか、世の人びとにもっときちんとわかってもらえるように自己紹介しなければならなかったんだと思う。

　それもみんな、そう、物語が物語であるから。でもそれ以前に、言葉が言葉から生まれ出るものであるということを決して忘れてはならない。言葉は言葉らしくならなければならない。その言葉に到達するのがぼくの第一の責務。それに言葉は、わざとらしく飾られて空虚になるべきではなく、その言葉自身でなければならない。確かに、繊細な感覚を得たいと思うし、その繊細さの極みが、永遠に途絶えずに続いてほしいと思いもする。同時にぼくは最も太く低く重い、大地のようなトロンボーンの音色を得たいとも思う。なんのわけもなく、書くと神経が昂ぶって、胸から笑いがこみ上げてくるから。それに、生きるということはばかげたことだとか、狂ったことだとかという、多くの人が思うことを気にせずに自由を味わいたい——。確かにそれは正しいように見える。生きるということは、理に適ったことではない。
この物語を書くことで、結果として、ぼくは他人になり、最後にはモノとなるだろう。そう、そしてたぶん甘い音色のフルートに手が届いて、柔らかい蔓になって巻きつくだろう。

でもまずは今日の話に戻ろう。だって、あたりまえだけど今日は今日だから。あなたがたにはぼくの声が聞こえないけれど、あなたがたが老人のようにせっかちに嘲笑うのが、ぼくにはぼんやりと聞こえる。そして通りを歩くリズムを刻むような足音が聞こえる。怖くて鳥肌が立つ。幸いぼくが書くことはまちがいなく、ある意味ではすでにぼくのなかに書かれている。ぼくがしなければならないのは、白い蝶のような繊細さをもって、それを写し取ること。白い蝶が思い浮かんだのは、もしその痩せて軽い女の子が結婚でもすることになれば、処女として白をまとうことになるだろうから。あるいは、結婚なんかしないのだろうか？　ぼくの両手にその運命がかかっているということは事実だとしても、だからといってぼくに思い通りに創作する力があると感じてはいない——ぼくは目に見えない運命の線をたどり、自分の手には負えないひとつの真実を探さなければならない。どうして、貧しく何の飾り気もない若い子について書くのだろう？　たぶん彼女には慎みがあるから、そして自分の彼方にあるものの息吹を感じたいと思うぼくが、彼女の貧しい体と精神を通して、聖なるものにふれることができるから。自分を超えたものになるために。ぼくはあまりにも何者でもないから。

　ぼくが書くのは、他にすることがないからだ。ぼくは余り者でしかなく、人間の大地にぼくのための場所はない。絶望して、疲れきって、自分であるという日常にもう耐えることができず、書くというつねに新しく感じられる経験がなければ、ぼくはある意味で毎日死ぬことになる。でもぼくは、裏口からこっそりとこの世界を脱け出す準備ができている。ほとんどすべてのことは経験した。恋もしたし、そのあとに絶望もした。いまはただ、存在した過去の自分と、存在しなかった過去の自分とを、手に入れることを望んでいるだけだ。

　彼女の近くで暮らしているからには、ぼくはその北東部の女《ノルデスチーナ》を、どんな小さなことでも知っていると思われるだろう。粘り気のある蜜とか黒い泥となってこの肌に張りつくくらい、彼女についてはたくさん想像した。小さい頃、怖くて川を渡れない老人の話を読んだことがある。そこに、やはり対岸に渡ろうとする若い男が現れた。老人はその機を捉えて言った。

「わたしも連れて行ってくれるかね？　わたしをその肩に乗せて？」

　それを引き受けた若い男は、川を渡りきると言った。

「着いたので降りて大丈夫です」

でも老人はずる賢く、知恵深そうに言った。

「それはできない！　ここは居心地がいいから、もう絶対に降りたくはない！」

同じようにそのタイピストもぼくの肩から降りようとしなかった。だからぼくは、貧しさとはみにくくて尻軽なものだと認識している。ぼくの物語はどんなふうになるのか？　ぼくには何もわからないし、書く気力もまだない。何か起こるのだろうか？　きっと起こる。でもどんな出来事が？　わからない。無闇にあなたがたの気を揉ませようとしているわけではない。何が待っているのか本当に知らないし、両手には生きた登場人物がいるけれど、彼女はいつでもぼくから逃げながら、ぼくに取り戻されることを望んでいる。

　言い忘れていたけれど、ぼくがこれを書いているあいだずっと、ある兵士が打ち鳴らす太鼓の音が強く響いている。ぼくが物語を始めようとしているこの瞬間にも。だが太鼓はいつか突然鳴り止むだろう。

鏡で自分を見つめる北東部の女《ノルデスチーナ》がぼくには見える——太鼓の響き——鏡のなかに疲れたぼくのひげ面が現れる。ぼくたちはたびたび入れ換わる。彼女はまちがいなく生きた人間だ。ある事実を先取りしておく——その女の子は、恥ずかしくて自分の裸を見たことがなかった。慎み深さからなのか、みにくくて恥ずかしいからなのか？　ぼくもまた自問する、さまざまな事実のなかにどう倒れ込めばいいのか？　突然ぼくは物事の姿を描きたくなった——ぼくは人間の行いを創り出しては身震いする。ぼくが具象を求めるのは、抽象の色彩しか描かない画家が、好きでそうしているのであってデッサンができないためではない、と証明しようとするのに似ている。その女の子のデッサンを描くようにぼくは自分を仕向けなければならないし、彼女の魂を捉えるためには、フルーツを食べ、冷えた白ワインを飲まなければならない。というのも、世界を見たいという微かな希望を抱いてぼくが閉じこもっているこの部屋は暑いから。それにセックスもサッカーも控えなければならなかった。言うまでもなく、誰とも接触しない。前の生活に戻るときが来るだろうか？　そうは思えない。ぼくの言葉遣いの単純さを、装飾で汚したりしないために、しばらくは何も読まないつもりだということも言い添えておこう。というのも、すでに言ったように、ぼくの道具である言葉は、言葉らしくなければならないから。それともぼくは作家なんかではないのだろうか？　本当のところぼくはどちらかと言えば、句読点の打ち方ひとつで抑揚の軽業を披露して、読む人の呼吸をぼくの文章に合わせることを強いる演者のようなものだ。

もうすぐ始まるだろう。迫りくる事実にもう耐えられなくなってきた。この記録は、世界でいちばん売れているドリンクの支援を受けて書かれているということ、でもぼくはそれで何の資金を受け取ってもいないということを言うのも忘れていた。そのドリンクはあらゆる国に広まっている。グアテマラでこのまえ起こった地震の復興支援をしたのだって、その会社だった。ネイルに使うエナメルとか、アリストリーノ石鹼とか嚙みつぶしたプラスチックみたいな匂いがするのに、ばかのひとつ覚えみたいにみんなが好きなドリンク。それにまた——ぼくにしかわからないむずかしいことを言うと——コカの葉が使われたそのドリンクは「今」だから。それは、人が今という時を生きて、現在という時間を踏みしめる手段だ。

その女の子について言うと、彼女は、誰のものでもない地獄の辺土に生きていて、最悪まで落ちぶれることもなかったけれど、最高へと上り詰めることもなかった。ただ生きて、息を吸っては吐き、吐いては吸っているだけだった。それ以上の何が必要だろうか？　彼女の人生は希薄なものだった。そう。でもなぜぼくは罪悪感を感じているのだろう？　そして、その子のために実際に何かをしてあげられなかったという重荷から自分を解放しようとしている。その女の子は——

そろそろ物語に入りかかっているようだ――、血の汚れが色あせたみたいな染みのついた、キャンヴァス地のスリップを着て寝ていた。冬の寒い夜、寝つくために身を縮め、自分のわずかな熱で体を温めようとしていた。鼻が詰まっているせいで口を開けて、疲れ切って眠り、二度と目覚めないのではないかと思われた。

　この物語を理解するためにとても大切なことを付け加えておこう。物語の最初から最後までぼくは、歯の象牙質が露出しているせいで、微かだけど絶え間ない痛みに苛まれている。またこの物語にはずっと、近くの街角で痩せた男が弾くヴァイオリンの嘆くような音色が伴っていることも言っておく。顔が険しく青白い彼は死人のように見える。たぶん死んでいるのだろう。

　こんなことを長々と書いたのは、期待をさせすぎたのに与えられるものが単純でわずかなものでしかないことを恐れているから。そしてこの物語はほとんど無に等しいから。凍りつくほど冷たい海に飛び込んで自殺するつもりで、いきなり始めるというやり方もある。いま、こんなふうに、途中から始めよう——。

——彼女には能力がなかった。人生を送る能力が。うまくやっていく力がなかった。自分のなかに自分がいないことについて、ぼんやりとしか気づいていなかった。自分の考えを述べることができたのなら、こう言っていただろう——世界はわたしの外にあるし、わたしはわたしの外にいる。（書くのがむずかしい物語だ。ぼくはその子と何の関係もないけれど、すべて彼女を通して、たびたび驚きながら書かなければならない。声高な事実のなかにもささやきがある。ぼくの心を動かすのはそのささやきだ）。

彼女にはうまくやっていく力がなかった。滑車の販売代理会社の上司が雇い続けることにしたのは、残酷にも（その残酷さは、彼女の愚かそうな顔、殴られるのを求めているような顔が引き起こしているようにも見えた）、同僚のグローリアの方だった。きみはタイピングのまちがいが多すぎていつもいつも紙を汚すから、と告げたとき、彼女を守ってくれるものは何もなかった（！）。彼はそう言った。その女の子はというと、ひそかに思いを寄せていた上司に対して失礼にならないように何か応えなければならないと思って、礼儀正しく言った。

「不快な思いをさせてすみません」

ライムンド・シルヴァ氏は――この瞬間にはすでに背を向けていた――思ってもみなかった気配りに少し驚き振り返って、彼女の顔に微笑みのようなものを見出して、横柄な声色をやわらげてしぶしぶ言った。

「まあ、いますぐ解雇じゃなくて、もう少しあとでもいい」

そう告げられたあと、彼女は呆然として、ひとりになるためにトイレに行った。ひびの入った、髪の毛だらけの汚れた洗面台で、ぼんやりと鏡を見ながら、自分の人生もこんな感じだと思った。くすんだ暗い鏡には、何も映っていなかった。もしかして体も消えてしまったのだろうか？　それはすぐに幻だとわかり普通の鏡に映った、ゆがんだ顔が見えた。厚紙で作ったピエロの鼻みたいな、大きくて曲がった鼻。自分を見てふと思った――こんなに若いのにもう老けて衰えてる。

（持つ者と持たざる者がいる。簡単なことだ――その子は持たざる者だった。何を持っていなかったのか？　ただ単に持たざる者だったというだけのことだ。これが理解してもらえるなら、それでいい。理解してもらえないなら、それでもいい。でもぼくが最も望んでいるのは夏に完熟した黄金の小麦みたいなすばらしいものなのに、どうしてその女の子のことを取り上げるのだろう？）

彼女が幼い頃、叔母は罰を与えるために、ヴァンパイア――喉の柔らかいところに噛みついて血を吸う者――は鏡に映らない、と言って怖がらせたことがあった。このいつも青ざめた顔に血が通うなら、ヴァンパイアになるのもそんなに悪くない、と彼女には思えた。いつの日か血を垂れ流すことでもなければ、彼女には血がないとさえ見えたから。

その背中は、繕い仕事をする女のように曲がっていた。彼女は小さい頃に繕いを習った。糸を、たとえば絹をかがる繊細な仕事に身を捧げたら、成功していたのかもしれない。あるいはもっと高級なもの――心からのキスのように美しい、光沢豊かなサテンとかを。蚊みたいに細くて小さい繕い屋。ひと粒の砂糖を背中に乗せて運ぶ蟻みたいな。彼女はばかみたいに軽かったけれど、ばかではなかった。ただ自分が不幸であることを知らなかった。なぜなら彼女は信じていたから。何を？　あなたがたを。でも誰かや何かを信じていたわけではなくて、ただ信じていた。それだけで、彼女はときどき恩寵のような幸せを感じることができた。信じる気持ちを捨てたことはなかった。

（不快すぎて、ぼくは空っぽだ。彼女のせいで。ぼくが苛立つほど、彼女は不平を言わなくなる。ぼくは怒っている。グラスや皿をなぎ倒して、ガラスを割りたいくらいだ。どうやって仕返しすればいい？　というか、どうやって埋め合わせすればいい？　答えはわかっている。ぼくには彼女よりもたくさん食べ物があるし、自分の犬を愛してやればいい。どうして彼女は歯向かわないのだろう？　その覇気もないから？　彼女は人に甘くて従順すぎる）。

　そして、問いかけるように大きく丸く迫り出したふたつの目を見た——傷ついた翼を持った人のまなざし。問うようなその目は、たぶん甲状腺の障害から来るものだった。誰に問いかけていたのか？　神様に？　彼女は神様のことを考えたりしなかったし、神様も彼女のことを考えなかった。神様は、神様を捕まえることのできる人のものだから。そこに意識が向いていないときに神様は現れる。彼女は問いかけさえしなかった。答えはないと予想していたから。問うのが怖かったのか？　そして「ノー」を目前に突き付けられることが？　いつか誰かに、あいつは何の疑問も持たなかった、と言われないように、彼女は虚しい問いかけをしていたのだろう。誰も答えてくれなかったので、彼女は自分で答えているようだった――こういうものなんだ、と。他の答えなんてあるだろうか？　もっとよい答えを知っている人がいたらぜひ教えてほしい。ぼくはもう何年もそれを待ち続けている。

それでも雲は白く、空の青さは完璧だ。どうしてこんなにたくさんの神様がいるのか。どうして人間のためのものはごくわずかなのか。

彼女はあれこれの悪い出来事のなかで生まれて、いまは何だかわからない娘で、空間を占めていることにさえ罪悪感を抱いているようだ。彼女は、鏡に近づいてぼんやりと顔のしみを見つめた。アラゴーアスでは「パーノ」と呼ばれるそのしみは、肝臓から来るものだと言われていた。しみを隠すためにファンデーションで白く厚化粧していたけれど、茶色っぽい肌のままでいるよりはましだった。めったに体を洗わなかったので、体じゅうに薄く垢がついていた。昼間はスカートとブラウスという格好で、夜はコンビネゾンを着て寝ていた。ルームメイトの女のひとりは、彼女の体がくさいということをどう伝えたらいいのかわからずにいた。だから彼女を傷つけないためそのままにしていた。彼女には輝かしいものは何もなかった。ただ顔の肌には、しみを除けば、オパールのような仄かな輝きがあった。でもそれもどうでもよかった。通りで彼女に目を向ける人なんていなかったし、彼女は誰も手を出さない冷めたコーヒーみたいなものだった。

　そんなふうに彼女の時間は過ぎていった。コンビネゾンの裾でよく鼻をかんだ。魅力と呼ばれるような繊細なものは持ち合わせていなかった。ただぼくだけが、彼女に魅力を感じていた。彼女のことを書いているぼくだけが、彼女を愛していた。そして彼女のせいで苦しんでいる。ぼくだけが、こう言うことができる——「きみは泣きながら何をほしがってるの？　ぼくが歌でも歌いながらよろこんでくれるとは思わないで？」と。その女の子は、犬が自分のことを犬だと知らないように、彼女が彼女だということを知らなかった。だから自分が不幸だと感じていなかった。唯一の望みは生きることだった。何のためかはわからなかったし、考えてもみなかった。もしかすると、生きることにはささやかな栄光があるのかもしれない。彼女は、人は幸せになるべきだと考えていた。だから幸せだった。生まれる前の彼女はひとつの観念だったのだろうか？　生まれる前から死んでいたのか？　生まれたあとに死ぬことになっていた？　薄っぺらのスイカ一切れみたいな考えだ。

　語るべき事実は少ししかないし、自分が何を著そうとしているのか、ぼく自身にもわかっていない。

　いま（！）、トイレで鏡を見ている瞬間までの彼女の人生を、手早く素描してみようと思う。

　荒野《セルタオン》の子によくあるように、まったくの発育不全で生まれた――さっきほのめかしたあれこれの悪い出来事のせいで。悪魔がブーツをなくしたとも言い伝えられる陰鬱なアラゴーアスの荒野《セルタオン》に広まった熱病によって、二歳のときにはすでに両親をなくしていた。それからしばらくして、世界でたったひとりの親類である、ひどく信心深い叔母とともにマセイオーに移った。彼女は忘れていたことを思い出すことがあった。たとえば、叔母は頭のてっぺんをよく殴った。そこは命に関わるところだと、叔母は思っていたから。カルシウム不足で骨が弱い彼女の頭を、いつもこぶしで殴りつけた。ぶつのはそれが快感だったからだけではなく――叔母は結婚を気持ち悪いと感じていて、未婚だった――、少女がいつか、マセイオーの路上でタバコを吸いながら男を待つ女のひとりにならないようにすることが、自分の義務だと考えてもいたから。路上の娼婦になりそうな兆しなんてまったくなかったけれど。それどころか、彼女には、いつか女になるという運命さえないように見えた。女らしさは、あとあと彼女にも現れるけれど、それは雑草にも太陽を求める傾向があるのと同じことだった。少し待てば痛みは消えるので、ぶたれたことを彼女は忘れようとした。もっと苦しかったのは、毎日のデザートを取り上げられることだった――ゴイアバーダ〔グアバの果実を砂糖といっしょに煮詰めて作る菓子〕とチーズは、彼女の生きているなかでただひとつの楽しみだった。それはずる賢い叔母のお気に入りの罰だったのだろうか？　少女はそんなふうに考えはしなかった。いつも罰を受けていたけれど、そのわけを知る必要はなかったし、無知は、彼女の人生で重要なことだった。

「知らないでいること」は、よくないことのようだけど、実際にはそうでもないのは、誰に教わらなくても犬がしっぽを振ったり人が空腹を感じたりするように、彼女にはいろんなことができたから――生まれれば自然に学ぶことがある。いつの日か死ぬその死に方を、誰からも教わりはしないように――映画スターの役を完璧に演じられるくらい覚えたように、いつか死ぬのは確実だった。死ぬとき人はスターになって輝く。その栄光の瞬間は誰にとっても、甲高い合唱が響くときだ。

小さい頃には、ペットを飼いたいと強く思っていた。でも叔母は、ペットを飼えば余計な食べ物が必要になると考えていた。それで彼女は、自分にふさわしいのは蚕を飼うことで、自分には犬に愛される価値もないのだと思った。叔母といっしょにいるようになって、うなだれがちになった。彼女の偽りの信仰心は残らなかった。叔母が死んだあと彼女は二度と教会へ行かなかった。そこで何も感じなかったし、神聖な存在というのは、彼女にとっては縁のないものだったから。

人生とはそういうもの――ボタンを押せば、人生という明かりが灯る。ただ彼女は、どれが明かりをつけるためのボタンなのかわからなかった。技術の発達した社会で、自分がなくなっても誰も困らないネジに過ぎないことに、彼女は気づいていなかった。でも彼女はひそかに不安を感じた――父や母のことをもう覚えていなくて、どんな気持ちを抱いていたのかも忘れてしまっていることに気づいた。よくよく考えると、自分は荒野《セルタオン》の土から出た、すぐにカビが生えてしまうキノコみたいなものだった。言葉を発しないわけではないけれど、ものすごく無口だった。彼女が口にする言葉をぼくはときどき聞き取れはした。それでも彼女という存在は、つかまらずにぼくの指のあいだからすり抜けていった。

叔母が死んでも、自分はそうはならない、自分は絶対に死なないと彼女は確信していた。（ぼくは他の人間になりたいと強く願っている。この場合は、他の女に、ということだけど。ぼくは彼女みたいに卑しく身をよじってみる）。

定義できるものに、ぼくは少し飽きている。予言のなかの真実のほうがいい。この物語を書き終えて自由になったら、軽はずみの予言をするだけの無責任な分野に戻るつもりだ。ぼくがこの女の子を空想したのではない。彼女のほうがぼくのなかで自分の存在を強く示してきたのだ。彼女は精神薄弱というようには見えなかったけれど、ばかみたいに、なされるがままに何でも信じ込んだ。少なくとも食べものを乞うところまでは追い詰められてはいなかったけれど、たくさんいるそれらの空腹な人たちよりも迷っていた。ぼくだけが彼女を愛していた。

その後——なぜかはわからないけれど——ふたりはリオに、現実のものとは思えない街リオデジャネイロにやってきた。叔母は彼女に仕事を見つけてきたが、やがて死んだ。ひとりになった彼女は、〈ロージャス・アメリカーナス〉というスーパーマーケットのレジ係をやっていた四人の女の子が住む部屋に住み始めた。

その部屋は港の船着場から遠くない、路面がでこぼこのアクリ通り沿いの、植民地時代の古い二階建ての建物にあって、周りには船乗り相手の娼婦たちがいて、石炭やセメントの粉の集積所があった。汚れた船着場を見て、彼女は未来のことを恋しく思った。（これから何があるのだろう？　ぼくは陽気なピアノの和音でも聞いているような気分だ。これは輝かしい未来の予兆なのだろうか？　その可能性を感じるとうれしいし、それが実現するためならぼくは何だってする）。

アクリ通り。ひどいところだ。アクリ通りの太ったネズミたち。汚れた人生の黒い破片を怖がるのを恥ずかしいと感じるぼくは、そこに足を踏み入れたことがない。

時おり、明け方に雄鶏が時をつくるのを運よく耳にすることがあって、彼女は荒野《セルタオン》のことを懐かしく思い出した。大量の輸出入品でいっぱいの、干上がったこのような場所のどこで、雄鶏が鳴いているのだろう？（もし読者であるあなたが、そこそこ豊かで快適な生活を送っているなら、自分であることをやめて、ときに他人になってみるという経験をすることになるだろう。もしあなたが貧しいなら、ぼくのこの本を読んでいないだろう。なぜならこれは、いつでも軽く腹を空かせた人には必要のないものだから。ここでぼくが果たしているのは、あなたがたにとっての、苦しみに満ちた中流市民生活の安全弁の役割だ。自分自身であることをやめるのが怖いということはよくわかるけれど、新しいものは何だって怖い。この物語に出てくる名もない女の子はあまりにも古めかしく、聖書に出てきそうでさえある。地中に生きる彼女は花を咲かせたことがない。いや、彼女は雑草だった)。

　暑さでむせかえるようなアクリ通りの夏、彼女はただ汗だけを感じ、その汗はくさかった。それは悪い病気から来ているのだとぼくは思う。結核かどうかはわからない。たぶん違う。ひとりの男が口笛を吹きながら夜の暗がりを歩く足音が重く響き、捨てられた野良犬が吠える声。そして――彼女にもわたしたちにも関係のない、時を成す静かな星々と、宇宙。そんなふうに日々は過ぎる。血に染まったような暁に鳴く雄鶏の声が、彼女のしおれた人生に水を与える。アクリ通りには朝方元気に飛び回る小鳥たちがいた。敷石のあいだから陽気に芽吹く生があった。

　アクリ通りに住み、ラヴラヂオ通りで働き、日曜日には港の船着場へ行く。貨物船の汽笛がなぜか胸を締めつけ、心地よいはずの雄鶏の歌はもの悲しい。雄鶏はありえない時からやってきたようだった。無限から、彼女のベッドまでやってきて恩寵をもたらした。彼女は年中風邪を引いていたので、眠りが浅かった。明け方の乾いた咳の発作を薄っぺらい枕で押し殺す。でもルームメイトたち――マリア・ダ・ペーニャ、マリア・アパレシーダ、マリア・ジョゼー、そしてただのマリア――はそれを気にかけなかった。誰にでもできるけれど、だからといって辛くないわけではない仕事で、疲れすぎていたから。ひとりはコティの粉おしろいを売っていたけれど、それがどういうことかわかるだろうか。彼女たちは、女の子に背をむけてふたたび眠り込んだ。咳は彼女たちをより深い眠りで包み込んでくれるようでさえあった。空は上にあるんだろうか、それとも下にあるんだろうか？　北東部の女《ノルデスチーナ》はそんなことを考えていた。横たわったまま、答えにはたどり着けなかった。眠る前にときどき空腹を感じて、牛のもも肉のことを考えると錯乱しそうになった。そんなときは、紙切れを何回も噛んで呑み込んだ。

そう。ぼくは慣れてくるけど、穏やかな気持ちにはなれない。まったく！ ぼくは人より動物を相手にするほうがうまくやっていける。ぼくの馬が牧草地で自由になっているとき――その力強い、ヴェルヴェットのような首すじに顔を埋めて、人生を語りたくなる。そしてぼくの犬の頭をなでてやるとき――犬は、ぼくの存在意義なんて考えないし、ぼくについての説明を求めたりはしない。

たぶん彼女は、人生はだいぶ不快なもので、魂はうまく体のなかに収まっていない、と思うようになっていたのだろう。迷信深い彼女は、いつか生きる快感を覚えるようなことがあったとしてもすぐに、そんなプリンセスの夢からは醒めてしまって、地を這う動物に戻ってしまう、と想像していた。なぜなら、どれだけひどい状況に陥っても、彼女は自分ではない誰かになることを望まなかったから。彼女は自分自身であることを望んでいた。仮にも快感を覚えることがあれば、その罪の大きさで死んでしまうかもしれないと思った。だから、もの足りない人生を送ることで、彼女は自分を死から守り、終わりが来ないように、命をすり減らさないように節約していた。そのおかげである程度は安心していられた。倒れていれば、少なくとも地面から遠ざかることはないから。彼女は生きることには意味がないという感覚を抱いていただろうか？　ぼくにはわからないけれど、たぶん違うと思う。いちどだけ、こんな悲劇めいた問いを立てたことがあった――わたしは誰？　そのことに自分でも驚いて、それ以上考えるのを完全にやめてしまった。でも、ぼくは彼女と違って、生きることに意味はないと感じている。ぼくは電気代もガス代も電話代も惜しみなく払っている。彼女はというと、給料をもらったときには、一輪のバラを買うことくらいはあった。

　それらはすべて今年のことだ。ぼくが戦いに疲れたらこの物語を終わりにするだろう。いますぐ脱走兵になるつもりはないけれど。

彼女は、女の子たちが手をつないで輪になって遊ぶときの、音程の外れた歌を思い出して驚くこともあった。叔母に床掃除を言いつけられた彼女は、その輪に入らずに聞くだけだった。波打つ髪を、ピンクのリボンで結んだ女の子たち。「マレー・マレー・デシのお嬢さんをひとりください」「このマレーを選びました」。その歌の思い出は、狂おしいほど美しいけれど死の香りを漂わせる一輪のバラのような、薄ぼけた幽霊だった。そして、血色が悪く、すぐにも死んでしまいそうな彼女は、いまでは、ボールも人形も持っていなかった子ども時代を引きずる、穏やかだが恐ろしい幽霊だった。彼女はだから、手に人形を持ってボールを追いかけて廊下を走りながらたくさん笑う振りをした。その大きな笑い声は、過去から響いてくるもの、こうであってほしかったけれど実際にはそうではなかったものを懐かしむ悪い想像だけが現在に持ち越すことのできるもので、恐ろしかった。（言ったとおりこれは三文小説だ。ぼくはいっさい憐れみなど抱かない）。

彼女がぼくの存在にまったく気づいていないということ、もし気づいていたら、ぼくのために祈り、ぼくの存在が救いになったかもしれないということも、言っておかなければならない。ぼくは彼女のことをよく知っている――まだ若い彼女を通じて、ぼくは人生に対する、恐怖を叫ぶ。ぼくがこれほど愛している人生に対して。

彼女の話に戻ろう――贅沢と言えば、寝る前に冷たいコーヒーを飲むことだった。目覚めの胸やけとひきかえにそれを味わっていた。

彼女は（言うべきことがなかったから）無口だったけれど、ざわめきを聞くのは好きだった。それは人生だった。逆に、夜の静けさが怖かった。いまにも自分の運命を左右する言葉がそこから飛び出してきそうだった。夜のアクリ通りを車が通ることは稀で、クラクションが鳴ると彼女はほっとした。そんな恐れに加えて、彼女は体の下のほうが病気になることをひどく怖れた。その病気のことを教えてくれたのは叔母だった。彼女の卵子は弱かった。ものすごく。でも、変化のない生活を送っていたので、夜になると、朝の出来事を忘れていた。心の遠い片隅で、言葉も使わずに、ぼんやりとこんなふうに考えていた――わたしはここにいるのだから、そうするしかない。例の雄鶏たちは、疲れる一日の始まりを告げ、疲れを歌っていた。雌鶏たちは何をしているんだろう？　女の子は問いかけた。雌鶏たちは少なくとも歌っている。雌鶏といえば、彼女はときどき食堂で固ゆでの卵を食べた。でも叔母は、卵を食べると肝臓に悪いと言った。そのせいか、彼女は従順にも、肝臓とは反対の左側の腹部に痛みを感じることがあった。彼女は、実に興味深いことに、存在するものもしないものもすべて信じてしまう性質だった。というか、「現実」という言葉は、彼女には何の意味もなかった。ぼくにだってそうだ。神にかけて誓う。

眠っているとき、叔母に頭をぶたれる夢を見た。そしてなぜかセックスの夢を見た。性器さえないような彼女が。目覚めると、わけもわからず後ろめたさを覚えた。たぶん、気持ちのよいものは禁じられなければならないからだろう。後ろめたく、幸せだった。念のため、わざとらしく、アーメン、アーメン、アーメンと、アヴェマリアの祈りを淡々と三回唱えた。それでも神様はいなかった。彼女は神様のことを知らなかったので、いないのと同じだった。

　思えば、彼女にとって神様だけでなく現実も希薄なものだった。非現実とのほうがうまくやっていけた。スローモーションで丘の上をゆっくりと跳ねるウサギみたいに生きていた。地上は空虚、自然もまた空虚だった。

　悲しみは善いことだと思っていた。慎み深く質素で、決して絶望したりはせず、でもまるで彼女がロマンティックででもあるかのように、あのいわく言いがたいものを持っていた。つまり、言うまでもなく、彼女は神経症だった。神経症のおかげで生きていた。ただそれが支えだった。たまに南部の街へ行き、宝石やつややかな服で煌めくショーウィンドウを見た。ただ少し苦しむだけのために。というのは、彼女には自分自身を見つけ出す必要があって、苦しみはそれを少しだけ可能にしたから。

日曜日にはいつもより早起きして、無為な時間を過ごした。

彼女の人生で最悪の瞬間は、その日の夕暮れ時に起こった。何もないその日曜日の空虚のなか、落ち着かない気持ちで物思いに耽っていた。小さい頃のことを懐かしく思い出してため息をついた。乾燥したファロッファ〔マンヂオッカの粉を使ったふりかけのような食べ物〕。幸せな思い出だった。実際にはどれだけひどくても、驚くべきことに、子どもの頃の思い出は魅惑に満ちている。彼女は何についても不平を言ったことがなく、物事はこういうものなのだと知っていた——誰が人間の住む地上をこんなふうにしたのか？　まちがいなく彼女はいつか、ひねくれ者しか入ることのできない、ひねくれ者たちの天国に行くだろう。そもそも、天国に行く以前に、地上でもひねくれていた。誓って言うけれど、ぼくが彼女のためにしてあげられることは何もない。あなたがたに断言する。できることなら、物事をよくしてあげたい。タイピストである彼女の体が腐っていると言ってしまうのは、どんな汚い言葉よりも残酷だということはわかっている。

（物語を書くことよりも、犬の命のほうが価値がある）。

あるよろこびについても書いておかなければならない。彼女は、ファロッファを切らしていたある辛い日曜日、説明のつかない、予期せぬ幸福に包まれた——港の船着場で虹を目にして。ちょっとした恍惚を覚えながら、すぐにかつてマセイオーで見た音のない花火をもういちど見たくなった。彼女の望みがふくらんだのは、庶民というのは、助けの手が差し出されると、残り全部もほしくなり、すべてを手に入れることを夢見るものだから。何の権利もないのにほしがるのではないか？　小糠雨のように降る花火の無数の輝きを手に入れる手段はない。少なくともぼくには。

彼女が軍人に夢中だったことは言っておくべきだろうか？　そう、軍人を見かけると、身震いするほどの快感を覚えながら考えた――彼はわたしを殺してしまうだろうか、と。

彼女が、ぼくも彼女と同じように最も深い悲しみのなかでよろこびを感じるということ、悲しみとは挫折したよろこびだということを知っていたらよかったのに。そう、彼女は自分の神経症のなかで、それなりに幸せではあった。戦争神経症のなかで。

そして、月にいちど映画館に行くことの他にも贅沢をしていた――手の爪をどぎついほど真っ赤に塗ること。でも、ほとんど付け根まで爪をかじる癖があったので、けばけばしい赤はすぐに剝げ落ちて、その下に汚い黒が見えた。

それで目覚めるときには？　目覚めるときには、自分が誰なのかわからなくなっていた。時間が経ってから初めて、満足げに考えた——わたしはタイピストで処女でコカコーラが好き。それからやっと自分を自分で装って、一日の残りは従順に、自分であるという役割を果たした。

　むずかしい専門用語でも使えば、もっと豊かな物語にすることができるだろうか？　でもこれは何の技巧も文体もなく、宛てもなく進んでいくだけの物語だ。ぼくは何が何でも、このタイピストの慎しい人生を、虚飾の言葉で汚すつもりはない。誰にだって自分でも気づかないしぐさをしていることがある。ぼくもそうだ。この物語も、完全に無意識にしているしぐさのようなもので、その責任はぼくにはなく、なるようにしかならない。タイピストの彼女はある意味で、天国と地獄のあいだにある雨雲のなかで、呆然として生きていた。「わたしはわたし」と考えたことなんていちどもなかった。自分にそんな権利があると考えてはいなくて、彼女は偶然にあるものでしかなかったのだとぼくは思う。新聞に包まれてゴミ箱に捨てられた胎児のように。彼女みたいな人間は何千人もいるのだろうか？　そう、彼らは偶然の存在でしかない。考えてみてほしい。偶然の存在でない人などいるだろうか？　ぼくについて言うと、ぼくが偶然の存在であることを免れるのは、書くことによってだけだ。書くことで、出来事は事実になる。自分の内なる力にふれるとき、自分を通じてぼくはあなたがたが神様と呼んでいるものに出会う。何のために書くのか？　ぼくはそれを知っているのか？　知りはしない。そう、それが本当のところで、ときどきぼくは自分が自分でないように思うし、自分に対してあまりにも違和感を覚えるので、自分が遠い銀河に属しているようにも思える。ぼくはぼくなのか？　自分を見出すとぼくは驚く。

北東部の女《ノルデスチーナ》は、すでに言ったように、死というものを信じていなかった。母の名前も父の名前も忘れていたし、叔母もそれを口にしなかった。（ぼくは言葉を自由奔放に書いてしまうのが苦しい。そうすると〈秩序〉から遠ざかり、さまざまな叫びに満ちた深淵に落ちてしまうのではないかと怖くなる。それは〈自由の地獄〉だ。でも先を続けよう)。

続ける。

毎日、明け方に彼女はルームメイトのひとり、マリア・ダ・ペーニャから借りたラジオを、他のルームメイトを起こさないように小さな音でかけて、チャンネルを「時計ラジオ」から変えることはなかった。「正確な時刻と文化」を教えてくれるチャンネルで、音楽はなく、水滴のような音が一秒一秒が過ぎてゆくのを知らせる。そして何より、時報の合い間に流れるコマーシャルが、彼女は大好きだった。それは彼女にとって完璧なラジオ局で、時間の滴のあいだに、いつか必要になるかもしれない豆知識を教えてくれた。シャルルマーニュ大帝が自分の領地では「カロルス」と呼ばれていたことを彼女が知ったのも、そこでだった。確かにその知識を使う機会はまったくなかった。でももしかするとあるかもしれない。待つ者は報われる、と言われるから。子どもと交接しない唯一の動物は馬だということも聞いた。

「そんな」と彼女はラジオに向かって言った。「はしたない」

　またあるとき、「キリストのもとに悔い改めよ、さすれば彼は汝に幸せを授けん」と聞いた。だから彼女は悔い改めた。何を悔い改めればよいのかよくわからなかったので、自分のすべて、自分のしたことすべてを悔い改めた。牧師はまた、復讐をすると地獄に堕ちるとも言っていた。だから彼女は復讐をしなかった。

　待つ者は報われる。そうではないか？

　彼女にもいわゆる心のうちの生があったけれど、その存在を知らなかった。内臓を食べるように、自分を糧にして生きていた。仕事に行くときにはおとなしい狂人のようだった。バスから駆け出すとき、彼女は途方もないまばゆい白昼夢を見ていたから。それらの夢は、心のうちにあるものから成っていたけれど、空っぽだった。なぜならそこには、本質となるべき核、そもそもの経験が欠けていたから。つまり、絶頂の経験が。ほとんどの時間、自分では気づかないまま、聖人の魂を満たしているのと同じ空虚を抱いて過ごした。彼女は聖女だったのだろうか？　そうかもしれない。「瞑想」という言葉を知らなかったから、自分が瞑想にふけっていることも知らなかった。でも、彼女の人生は無についての長い瞑想だったようにぼくには思える。ただ、自分の存在を信じてあげるために、他の人たちを必要としていた。そうでないと彼女のなかの、鈴生りになった円い空虚のなかに失われてしまいそうだったから。タイプライターを打つときにも瞑想していて、そのせいでミスも多かった。

でも、楽しみもあった。冷たい夜には、キャンヴァス地の掛け布の下で震えながら、ロウソクの明かりでオフィスの古新聞から切り抜いた広告を読むのが習慣だった。彼女は広告を集めていた。切り抜いた広告をアルバムに貼っていた。彼女ではない女性たちの肌に塗るクリームの広告。蓋の開いたポットのカラー写真が載った広告を、いちばん大切にしていた。瞬きをして、死にそうなほどのひきつけを起こしながら、うっとりとただ空想にふけっていた——そのクリームはすごくおいしそうなので、それを買うお金があったら肌に塗るなんてばかな真似はしないだろうと。肌なんてどうだっていい、自分ならそのクリームを食べてしまうだろう。ポットにスプーンをつっこんで。彼女には脂肪が足りなかったし、彼女の体は半分空になったパン粉の袋よりも乾燥していたから。しだいに彼女は、ただ原初の形で生きる物質になっていった。たぶんそれは、完全な不幸に陥って、自分自身を憐れむという大きな誘惑から身を守る方法だったのだろう。(自分が彼女として生まれていたらと考えると——ありえないことだろうか?——身震いする。そして、自分が彼女でないことが卑怯な逃亡だと思えて、この本の題名のひとつで示したように、罪悪感を覚えもする)。

いずれにしても彼女は、未来はずっとよいものになる気がしていた。少なくとも未来は現在ではないし、悪いことのあとにはいつもよいことがあるから。でも彼女のうちには人間の悲惨というものがなかった。彼女は自分のなかに瑞々しい花を持っていた。というのも、おかしなことに、彼女は信じていたから。彼女はただ純粋な生命体だった。生きていた。それだけのこと。それで、ぼくは？　わかっているのは、ぼくが息をしているということ。

それでも彼女のなかには、必要不可欠な微かな火——生の息吹——がたしかにあった。（ぼくはこの物語の小さな地獄にさしかかっている。神々よ、ぼくが深き病を描写することがありませんように。もしそうなれば、ぼくも同じ病にかかってしまうだろうから）。（すでにぼんやりと予告しておいたことが起こるのをぼくが遅らせているのは、アラゴーアスから来たこの女の子のさまざまな肖像写真を撮る必要があるからだ。それに、もしこの物語を読む者がいるなら、その人には、床を拭く雑巾がずぶ濡れになるように、この若い女に身を浸してほしいと思っているからだ。彼女は、ぼくができれば知りたくはない真実だ。誰を責めるべきかはわからないけれど、誰かのせいに違いない)。

彼女の人生の種子に入り込もうとして、ぼくは古代エジプトのファラオたちの秘密を暴くようなことをしているのだろうか？　誰もが明かされるべきではない秘密を持っていて、その人生について語ることは、死に値する罪だろうか？　彼女のなかにせめてひとつくらいは輝く黄玉《トパーズ》がないかと、ぼくは呪われているかのように探し求めている。結末までにそれは見つかるかもしれない。まだわからない。でも希望は持っている。

言い忘れたけれど、このタイピストは食べることを嫌悪していた。小さい頃、揚げた猫を食べてしまったと事後に気づいて以来のことだった。その驚きはずっと消えなかった。食欲はないのに、ただ巨大な空腹感だけがあった。揚げた天使の羽根を噛み砕くという罪を犯してしまったような気がしていた。彼女は天使を信じていて、信じていたから天使は存在していた。

レストランで食事をしたことはなかった。街角の食堂で立ったまま食事をするのが常だった。レストランに入るような女はフランス人で尻軽だと、漠然と考えていた。

意味のわからない言葉もたくさんあった。そのひとつは「日誌《エフエメーリヂ》」。ライムンドさんに言いつけられていたのは、「efemérides」とか「efeméricas」とかという単語を、彼女の美しい字で書き写すことだけではなかったか？　彼女は「efemérides」という単語を、ものすごく謎めいていると感じ、書き写すときには一字一字に細心の注意を払った。グローリアは速記者で、給料が高いだけでなく、上司が好んで使うむずかしい単語につまずくこともないみたいだった。いっぽうで彼女は、「efemérides」という単語にときめいたりしていた。

彼女の別の肖像——彼女はプレゼントをもらったことがなかった。というか、彼女は何かをほしがるということがあまりなかった。でもある日、ある瞬間、あるものがほしくてたまらなくなった——文学に通じていたライムンドさんがデスクに置いていた『辱められた者たちと傷つけられた者たち』というタイトルの本だ。彼女は考え込んだ。たぶん初めて、自分をひとつの社会階級のなかに位置付けてみた。考えに考えた！　その末に、実際にはこれまで誰も彼女を傷つけたことはなかったし、物事はみんな起こるべくして起こっただけで、変えることなんてできない、それなのに変えようとするなんて無駄だ、という結論に達した。

ぼくは思う——彼女はいつの日か愛の別れを経験するだろうか？　いつの日か愛で気を失う経験をするだろうか？　甘い飛行の感覚を、彼女なりに味わうことがあるだろうか？　わからない。誰もが少しは悲しみに浸っていて、誰もが少しは孤独であるという真実は変えられない。北東部の女《ノルデスチーナ》は群衆のなかに紛れるのが常だった。バスを待つマウアー広場は寒かったけれど、風から身を守る上着は持っていなかった。でも、なぜか郷愁を誘う数々の貨物船が停泊していることがあった。そういうことは多くはなかったけれど。暗鬱としたオフィスを出て、夕暮れ時の外の空気に立ち向かって、毎日同じ時刻にはまったく同じ時刻であることを確かめるのが彼女の日常だった。ずっと動き続ける大きな時計はどうすることもできない。そう、いつも同じ時刻、それはぼくにとっては絶望の元。確かにそうだ。それで？　それでどうということもない。ぼくは自分の人生の主役で、繰りかえしはあまり好きではない。同じことの繰りかえしは自分を新しい可能性から遠ざけてしまうから。

　新しいことと言えば、その女の子はある日、食堂で、すごくすごく――家に持って帰りたいと思うくらい――美形の男を見かけた。きっとまるで――まるで開いた小箱に、大粒のエメラルドが、エメラルドが、エメラルドがあるみたいな感じ。さわることはできない。左手の薬指に指輪をしていたので、結婚していることはわかった。あんなに見た目が、見た目が、見た目がいい人と、どうやったら結婚が、結婚が、結婚ができるんだろうと、彼女はどもりながら考えた。あの人の前で食事するなんて、恥ずかしくて死んでしまいそうだった。彼は普通ではありえないくらい美形だったから。

　それで、彼女は一日くらい休んで背中の疲れを取りたいと思ったのかもしれない。上司にそう言っても、肋骨が痛むなんていう話は信じてくれないということはわかっていた。だから、真実よりも説得力がある嘘をついた。明日は出勤できない、歯を抜くので安静が必要だから、と上司に言った。嘘はばれなかった。嘘だけが救ってくれることもある。それで次の日、四人のマリアが疲れを引きずって仕事に行ったあと、彼女は生まれて初めて、孤独という、最も貴重なものを手に入れることができた。部屋は彼女だけのものになった。自分だけが使える空間があるなんて、信じられなかった。言葉ひとつ聞こえてこない。それで、思いきり勇気を出して踊ってみた。叔母は彼女のことをわかってくれなかったから。くるくると回って踊った。ひとりきりになって、自由になったから！　ついに手にした孤独を、音量を最大にしたラジオを、他のマリアたちがいない広い部屋を、すべてを味わった。家主のおばさんにお願いしてインスタントコーヒーを少しと沸騰したお湯をもらって、一滴残らず、鏡の前ですべてを舌なめずりをしながら味わった。自分自身に出会うということは、彼女がそのときまで経験したことのない幸せだった。こんなに幸せなことってたぶんなかった、と彼女は考えた。誰にも借りがないし、誰も彼女に借りがない。倦怠感を覚えるという贅沢にさえ身を委ねた——かなり強い倦怠感を。

　どうして彼女は突然、気軽に何かをお願いすることができるようになったのだろうか。それでは彼女は、状況によっては魅力を持つことができたということなのだろうか？　どうしてこれまでそうではなかったのか？　それに鏡を覗き込むのもそれほど怖くはなかった——幸せだったけれど、痛みも感じていた。「ああ、五月！　もうどこにも行かないで！」（！）というのが、次の日、五月七日、彼女の初めての心の叫びだった。おそらくついに何かが、彼女に与えられたからだろう。与えたのが自分だったとしても、与えられたことに変わりはない。

七日の朝、小さな体にふいに大きな恍惚を覚えた。数々の通りから放たれて広がってゆくまばゆい光が、不透明な彼女に差し込んできた。五月、花嫁たちのヴェールが白くたなびく月。

この先は、ばらばらになっているのを見て、雇いの料理人の女が捨ててしまい、ぼくが絶望することになった三ページの書き直しを試みたものだ——死者たちよ、耐えがたきことを耐える力を授けてほしい、生きている者たちはぼくにとっては何の役にも立たないから。このわざとらしい書き直しは、遠目に見ても、彼女が未来の恋人と最初に出会ったときのことについて最初にぼくが書いたものには似ても似つかないものになった。ぼくはこれから謙虚に、物語のなかの物語を語ろうと思う。だから、実際はどんなだったかと訊かれたら、こう答えるだろう——知らない、なくしてしまったから、と。

　五月、花嫁の蝶たちが白いヴェールをまとって漂い飛ぶ月。彼女の叫びは、まさにその日の夕方に起こったことを予告していたのだろう——どしゃ降りの雨のなか、彼女は人生で初めて恋人と呼べる人に出会い（！）、心は膠《にかわ》で捕らえた鳥が羽ばたこうとするみたいに激しく動悸した。青年と彼女は、雨のなかで目を合わせて、同じ種類の動物がたがいを嗅ぎ当てるように、相手が北東部人《ノルデスチーノ》だと気づいた。彼は顔から水滴を両手で払いながら彼女を見た。そして彼女が彼を自分の運命の人だと思い込むのには、一瞬見るだけでじゅうぶんだった。

　彼は……。

彼は近づいて、北東部人《ノルデスチーノ》らしい歌うような声で尋ねて、彼女の心を動かした。

「お嬢さん、よかったら、散歩に誘ってもいいですか？」

「ええ」と彼女は戸惑いつつ、彼の気が変わらないうちにと急いで答えた。

「よろしければ名前をうかがってもいいですか？」

「マカベーアです」

「マカ……何ですか？」

「ベーア」と彼女は補わなければならなかった。

「すみません、病気の名前みたいですね。肌の病気の」

「わたしも変わってると思うんですけど、わたしがうまく育ったらそういう名前を付けるって母がボア・モルチの聖母さまに誓ったんです。一歳になるまでは名前がなかったので呼ばれることもなくて、こんなに珍しい名前で呼ばれるより、全然呼ばれないほうがいいとわたしは思うんですけど、お祈りが通じたみたいです」。彼女はそこで一瞬息継ぎをして、無気力な声で、慎み深く言い足した。「だってご覧のとおり、きちんと育つことができたので……そうでしょう……」

「それにパライーバの荒野《セルタオン》では、誓いの約束を果たすことは名誉に関わることですからね」

　彼らは散歩の仕方を知らなかった。ひどい雨のなかを歩いて、金物屋のショーウィンドウの前で立ち止まった。ガラス窓の向こうには、パイプや缶や大きなネジや釘が飾ってあった。マカベーアは、沈黙が関係の終わりを意味してしまうことを怖れて、できたばかりの恋人に言った。

「わたしはネジとか釘が好きなんです。あなたは？」

　二度目に会ったときには、骨まで濡らすような小糠雨が降っていた。手もつながずに雨のなかを歩いたので、マカベーアの顔は泣いているみたいに見えた。

　三度目に会ったときには——また雨が降っていたのでは？——青年はいらだっ

て、継父がやっとのことで教え込んだ薄っぺらな礼儀が剝がれ落ちてしまい、彼女に言った。

「きみは雨を降らせることしかできないんだな！」

「ごめんなさい」

でも彼女はすでに惚れ込んでいて、彼から離れることはできなかった。愛の泥沼にはまっていた。

　何度か会ううちに、彼女はやっと彼に名前を訊いた。

「オリンピコ・ヂ・ジェズース・モレイラ・シャーヴィス」と彼は嘘をついた。本当は名字はジェズースだけで、父方の名字はなかった。彼を育てた継父から、他人を利用するためにどう礼儀正しさを取り繕えばいいか、どうやって女をつかまえればいいかを教わっていた。

「どういう意味の名前なんですか」と彼女は言った。「オリンピコっていうのは？」

マカベーアは、興味を持った振りをして、彼女が何もかもうまく理解できないこと、それがいつもだということを隠そうとした。でも彼は闘鶏のシャモみたいだったので、その愚かな問い、自分には答えられない問いを聞いて全身を震わせた。彼はうんざりして言った。

「おれにはわかってるけど、言いたくないんだよ！」

「いいの、いいの……わたしたちは名前のことなんてわからなくていいの」

彼女は、欲というのがどんなものか知っていた――でも、自分がそれを知っているということを知らなかった。つまり、飢えてはいたけれど、求めていたのは食べ物ではなくて、下腹から昇ってきて、乳首と、抱くもののない空っぽの両腕とをぞくっとさせる、少し痛々しいよろこびの感覚だった。彼女はすっかりヒロイン気取りになり、生きるのが苦しくなった。それから神経質ぎみになったので、グローリアが砂糖水をくれた。

オリンピコ・ヂ・ジェズースは、金属加工場で作業員として働いていた。マカベーアは、彼が自分を「作業員」とは言わずに「冶金技師」と言ったことに気づきもしなかった。彼女は彼が社会でその地位を占めていることがうれしかった。最低賃金より安い給料をもらっていたけれど、自分もタイピストだという誇りを持っていたから。それでも彼女とオリンピコは、確かにこの世界の一部だった。「冶金技師とタイピスト」は上等なカップルだった。オリンピコの仕事には、煙草を間違ってコルクの側から吸うような楽しみがあった。ベルトコンベアで流れてくる機械の上に置かれた金属の棒を、機械の下に付けるのが仕事だった。なぜその金属の棒を下に付けるのか、考えてみたこともなかった。人生は悪いものではなかったし、少し節約さえしていた――建物の解体現場で監視員をやっている仲間の好意で、番小屋にただで寝泊まりしていた。

　マカベーアは言った。

「よい作法を身に付けていることは最高の遺産なの」

「おれにとって最高の遺産はたくさんの金だな。でもおれはいつかすごい金持ちになってやるよ」と彼は悪魔みたいに尊大に言った。力があふれ出ていた。

　なってみたいもののひとつは闘牛士だった。映画館に行って、赤いムレータを見て、頭のてっぺんからつま先まで身震いしたことがあった。牛を哀れだと思ったりはしなかった。血を見るのが好きだった。

　北東部《ノルデスチ》で、給料を懸命に貯めて、形のきれいな犬歯を抜いて、代わりにきらきらの金歯を入れてもらった。金歯に人生の満足を感じていた。それより彼を立派な男にしたのは殺しだった。オリンピコには羞恥心などなく、北東部《ノルデスチ》で「恥知らず《カブラ・サファアード》」と呼ばれているような種類の男だった。でも自分が一種の芸術家だということは知らなかった。空いた時間には聖人の像を彫ったりしていたが、とても美しくできたので売ろうとはしなかった。彼は細かいところもきれいに、敬意をもって仕上げて、幼な子イエスのすべてを彫り込んだ。彼が思っていたのは、まちがいなく、キリストは聖人であるだけでなく、彼みたいな男だったということ、でも金歯は持っていなかったということだった。

オリンピコは社会の物事にも興味を持っていた。議論を聞くのが大好きだった。自分の考えを持っていたかというと、いちおう持ってはいた。安い煙草を手に、しゃがんで考えていた。パライーバにいたときのように、地面に尻をついて物思いにふけった。声に出してひとりごとを言った。

「おれはかなり頭がいい。いつか議員になるな」

それに、彼は演説が得意だったのでは？　歌うような声を持っていたし、見栄っ張りの口達者で、口を開けば人間の権利について、要求したり決めつけたりするのに向いていそうだった。ぼくはそれについてこの物語で語ることはないけれど、もしかしたら彼はやがて議員になったのではないか？　それで自分のことを「先生《ドウトール》」などと呼ばせるようになったのではないか。

　マカベーアが中世の人物みたいだったいっぽうで、オリンピコ・ヂ・ジェズースは自分のことをどんな扉でも開けることのできる親鍵《マスターキー》みたいなものだと思っていた。マカベーアは単純に何の特技もなく、ただ彼女であるだけだった。いや、ぼくは感傷に浸りたいわけではなく、この女の子がひそかに持つ哀れなところについては語らないつもりだ。でもマカベーアが人生でいちども手紙を受け取ったことがないことは書いておかなければならない。オフィスに電話がかかってくるのも、いつも上司とグローリアにだった。あるとき彼女はオリンピコに、電話してほしいとお願いした。彼は言った。

「きみのくだらない話を聞くためにか？」

　オリンピコがいつかパライーバ州の議員《デプタード》になるだろうと言ったとき、彼女はぽかんとして考えた。わたしたちが結婚したら、わたしも女議員《デプターダ》になるってこと？　そんなのはいやだった。「女議員《デプターダ》」なんて名前はかっこわるかったから。

（すでに言ったように、これは思考の物語ではない。たぶんそのうち、名付けることのできない感覚について、神様の感覚についても語ることになるだろう。でもマカベーアの物語を書いてしまわないと、ぼくは破裂してしまいそうだ）。

　恋人のふたりは、小麦粉とか、日干し肉《カルニ・ヂ・ソウ》とか、乾燥肉《カルニ・セツカ》とか、板砂糖とか、糖蜜とかについて、乏しい会話を交わした。それがふたりの共通の過去だからで、ふたりとも子どもの頃の辛さは忘れていた。というのも、それはすでに過ぎ去って、甘酸っぱい思い出となり、懐かしささえ感じさせたから。ふたりはまるで兄と妹みたいだったので――いまになって思えば――結婚することはできなかっただろう。でも、彼らがそのことを知っていたかどうかはわからない。彼らは結婚するのかしないのか？　ぼくにはまだわからない。ぼくにわかっているのは、ある意味でふたりが無垢な存在だったことと、地面に落とす影は薄かったということだけ。

いや、それは嘘だ。いま全部わかった。彼は、この世界のいわゆる犠牲者ではあっても、まったく無垢ではなかった。彼は自分のなかに悪の固い種を持っていたということ、仕返しをするのが好きで、それを大きな楽しみにして生きる力を得ていたということに、いま気づいた。彼の人生は、守護天使のいない彼女の人生より充実していた。

結局、起こるべきことは起こるのだろう。いまのところは何も起きていないけれど。ふたりは行動を起こす術を知らなかった。無料の場所、公園のベンチに座っていた。そこでくつろぐふたりには、他の人たちと何の違いもなかった。神様の大いなる栄光のために。

彼「そうだな」
彼女「そうだなって、何が？」
彼「そうだなって言っただけだよ！」
彼女「でも、そうだなって何のこと？」
彼「違う話をしたほうがいい。きみにおれのことはわからないから」
彼女「わからないって、何が？」
彼「まったく、マカベーア、もう違う話にしよう！」
彼女「じゃあ、何を話す？」
彼「そうだな、たとえばきみのこと」
彼女「わたし?!」
彼「なんでそんなにびっくりする？　きみは人間だろ？　人間は人間の話をするもんだよ」

出版のご案内

2021年3月

第164回
芥川賞受賞＆2021年本屋大賞ノミネート!!

推しが、炎上した。
ファンを殴ったらしい。

推《お》し、燃《も》ゆ

宇佐見りん

今すぐ
試し読み

©宇壽山貴久子

47万部
突破!

●1400円＋税　ISBN 978-4-309-02916-0 ※電子書籍も発売中

河出書房新社　〒151-0051 東京都渋谷区千駄ヶ谷2-32-2
tel:03-3404-1201 http://www.kawade.co.jp/

灰の劇場

恩田陸

「私は確かにその二人を知っていた。もっとも、私はその二人の顔も名前も知らない。」恩田陸の新境地となる、〝事実に基づく物語〟。

▼一七〇〇円

覚醒するシスターフッド

マーガレット・アトウッド／大前粟生
柚木麻子／藤野可織 他

発売即増刷となった「文藝」二〇二〇年秋季号の特集掲載の小説を単行本化。大前粟生、サラ・カリー（岸本佐知子訳）の短編を新収録。

▼一三〇〇円

純猥談

一度寝ただけの女になりたくなかった

純猥談編集部編

私が主人公だったかもしれない、性愛にまつわる誰かの体験談。たった五分でエモくて切ない気持ちがこみあげるショートストーリーズ。

▼一二〇〇円

されく魂

わが石牟礼道子抄

池澤夏樹

共にされく（漂浪く）魂をもつ作家が、溢れ出し、時に飛び去る石牟礼の類い稀な言葉の数々を追い奇跡の作品群に対峙した渾身の論考。

▼一六〇〇円

みっちんの声

作家同士の親密な語り合いから池澤は、石牟礼の制作秘話、その奇跡的ともいえ彼女「ごめんなさい、わたしはあんまり人間らしくないかもしれない」
彼「でも、みんな人間なんだよ！」
彼女「慣れてないの」
彼「何に慣れてないんだ？」
彼女「うまく言えないけど」
彼「それで？」
彼女「それでって、何が？」
彼「もう行くよ。きみはどうしようもないな！」
彼女「わたしはどうしてもどうしようもないの。どうしていいかわからなくて。どうやったらうまくできるんでしょう？」
彼「きみはばかなことしか言わないから黙ったほうがいい！　何が好きなのか言ってみなよ」

彼女「わたしにはできないと思う」

彼「何ができないって？」

彼女「何？」

彼「ねえ、苦しくてため息が出るよ。じゃあ何も話さないことにしよう。それでいい？」

彼女「わかった。あなたの好きなように」

彼「そう、きみはどうしようもない。おれはみんなに何度も名前を呼ばれて、おれになった。パライーバの荒野《セルタオン》でオリンピコを知らない奴はいない。いつか世界中のみんながおれのことを知るようになる」

「そう？」

「おれがそう言ってるんだ！　信じないのか？」

「信じる、信じる。嫌な気持ちにさせるつもりはなかったの」

幼い頃、彼女は裏庭があるピンクと白の家を見たことがあった。そこには水の溜まった井戸があって、中をのぞいて見るのは楽しかった。それ以来、彼女の夢は、いつか自分だけの井戸を持つことになった。でもどうしたらいいのかわからなくて、オリンピコに尋ねた。

「穴を買うことができるかどうか知ってる？」

「やっぱりな。いままで気づかなかったのか。きみが訊くことには全部答えがないって思ったことはないのか？」

彼女は、鳩が悲しむみたいに、首を傾げた。

彼が金持ちになるという話をしたとき、彼女は言った。

「それはただの夢じゃない？」

「地獄に堕ちたほうがいい。きみは疑うことしかできないんだ。きみはお嬢さんだから汚い言葉を使わないけどさ」

「いろいろ気にかけすぎないで。胃が傷つくらしいから」

「気にかけることなんてない。おれは成功するってちゃんとわかってるから。それで、きみは何を気にしてるんだ？」

「いえ、何も。わたしは成功なんてしなくてもいいんだと思う」

　彼女が自分のことをオリンピコ・デ・ジェズースに話したのは、そのときだけだった。自分のことを忘れるのに慣れていて、その習慣を変えるのが怖かった。

「〈時計ラジオ〉で言ってたんだけど、『不思議の国のアリス』っていう本を書いた男の人は数学者でもあったんだって。知ってた？　デイスウガクって言ってた。デイスウガクって何？」

「そんなのはおかま《フレスコ》、女になった男が知ってればいいことだ。フレスコなんて言葉を使ってわるいな。ちゃんとした女の子に対して言うには汚い言葉だ」

「そのラジオは文化の話をしたり、難しい言葉を使ったりするの。たとえば〝エレクトロニック〟ってどういう意味？」

沈黙。

「知ってるけど、言いたくないな」

「それから、チクタクチクタクって、時間が経つ音を聞くのも大好き。〈時計ラジオ〉は正しい時刻とか文化のことを教えてくれるし、コマーシャルもある。文化ってどういう意味？」

「文化は文化だよ」と彼は不機嫌なまま言った。「きみもずっとおれを困らせてたいんだな」

「よくわからないことがたくさんあるから。〝一人当たりの所得《ヘンダ・ペル・カピタ》〟って何？」

「それは簡単だ、医者が使うやつだろ」

「ボンフィン伯爵通りって何？　伯爵って何？　王子さまのこと？」

「伯爵は伯爵だ。おれは時計を持ってるから、ちゃんとした時間なんていらないんだ」

時計を工場のトイレで盗んだってことは言わなかった。いっしょに働いていた人が手を洗ったときに流し台のところに忘れていったものだ。彼は本当に盗みの達人で、誰もそのことを知らなかった。仕事場で腕時計は着けなかった。

「それから他に何を聞いたかと思う？　生きるよろこびを持つべきなんだって。だからわたしはそうする。それに、きれいな曲を聴いて、泣いちゃった」

「サンバか？」

「そうだと思う。カルーゾっていう男の人が歌ってて、その人はもう死んだって。すごく優しい声で、聴くのがつらかった。曲の名前は〈Una Furtiva Lacrima《ウナ・フルティーヴァ・ラクリマ》〉。なんで涙《ラグリマ》って言わなかったのかはわからないけど」

その〈Una Furtiva Lacrima〉は、彼女の人生のなかで唯一、本当に美しいものだった。涙をぬぐいながら、彼女は耳にした曲を歌おうとしてみた。でも彼女の声はざらざらしていて、彼女自身みたいにひどく調子外れだった。聴いたときには涙を流した。初めて泣いたので、目のなかにそんなに水があったなんて知らなかった。これまでの人生で泣く機会はなかった。他にもたくさんの生き方があるなんて知らなかったので、自分には「そんなもの」なんだろうと思って受け入れていたから。でも彼女が泣いたのは、音楽を通じて、他の感じ方とか、もっと繊細で、心に贅沢がある生き方とかが存在するのかもしれないと薄々感じ取ったからだろうと、ぼくは思う。自分にはわからないことがたくさんあるということが、彼女にはわかっていた。「貴族階級《アリストクラシーア》」っていうのは、もしかして、恩赦が与えられるって意味？　たぶん。自分には関係ないことだ。音楽という広い世界に潜りこむのに、それを理解する必要はなかった。彼女の心は駆け出していた。オリンピコといっしょにいてふいに勇気が出てきて、自分にもわからないものに飛び込んで、言った。

「その曲、歌えると思う。ラララララ……」

「耳が聞こえない人が歌ってるみたいだな。割れたサトウキビみたいな声だ」

「きっとわたしが生まれて初めて歌ったから」

涙《ラグリマ》ではなくて「ラクリマ」だったのは、ラジオの人がまちがえたからだと彼女は思っていた。彼女は、他の言語が存在するなんて思ってみたこともなかったし、ブラジルで話されているのは「ブラジル語」だと考えていた。海で働く荷物運び人たちが日曜日に歌うものの他に知っていたのは、その曲だけだった。その曲の最後の長音は、彼女にとってただひとつ、心が震えるものだった。

恋は細々と続いた。彼は言った。

「聖女みたいな母さんが死んだあとは、パライーバにいる意味は何もなかった」

「お母さんはどうして亡くなったの？」

「どうしてもこうしてもない。具合が悪くなったんだ」

彼が大げさなことを言っているあいだ、彼女は、彼女自身みたいに意味のない些末なことを気にしていた。たとえば、錆びついて、ねじれていて、ぎしぎしと音を立てる、塗装の剝がれた門の向こうに、同じような小さな家が並んだ町があるとか。彼女はバスのなかからそれを見た。町には、「106」という番号の他に、町の名前が書かれた看板もあった。「日の出《ナセール・ド・ソウ》」という名前の町だった。よいことが起こりそうな予感がする、きれいな名前だった。

彼女は、オリンピコをすごい物知りだと思っていた。彼はよく彼女が聞いたことのない話をした。こう言ったこともあった。

「顔は体より大切なんだ。顔にはその人が感じてることが出るから。きみは食べたものがまずかったっていう顔をしてる。そんな悲しい顔は好きじゃない。変えてみなよ」。そして難しい言葉を使った。「〝表情〟を変えてみなよ」

彼女は落ち込んで言った。

「どうやったら別の顔にできるのかわからない。でも悲しそうなのは顔だけで、心のなかでは楽しい気持ちなの。生きるのって素敵でしょ？」

「そりゃあな！　でもいい暮らしをするのはおれみたいな恵まれた人間だけさ。痩せて背が低く見えるかもしれないけど、おれは強い。片腕できみを持ち上げることだってできる。やってみせようか？」

「いいえ、他の人に変な目で見られちゃう」

「きみみたいな変な痩せっぽちのことなんて誰も見ないさ」

それから交差点まで行った。マカベーアはとても幸せだった。彼は本当に彼女を空中に持ち上げた。それも自分の頭よりも高く。彼女は有頂天になって言った。

「飛行機に乗るってこんな感じでしょうね」

そう。でも彼の腕は突然、重さに耐えられなくなって、彼女は顔から泥に倒れ込み、鼻からは血が出た。けれど彼女はすぐに優しく言った。

「気にしないで、ちょっと転んだだけだから」

泥と血をふくためのハンカチを持っていなかったので、スカートで顔をぬぐいながら言った。

「お願い、ふいてるときにこっちを見ないで、スカートはまくっちゃいけないものだから」

でも彼はすっかり機嫌を損ねて、もう何も言わなかった。何日も彼女のところには来なかった。自尊心が傷つけられたから。

彼は、結局はまた彼女のところに戻ってきた。それぞれ別の動機でふたりは肉屋に入った。彼女は生肉の匂いをかぐと、それを食べたような気分になって、体が舞い上がった。彼のほうは、肉屋の主《あるじ》とよく研いだ包丁を見たかった。肉屋がうらやましくて、自分もなりたいと思っていた。肉に包丁が入るたびに興奮した。ふたりとも、満足して肉屋を出た。それでも彼女は自問していた。「あの肉はどんな味なんでしょう?」と。そして彼はこう自問していた。「どうやったら肉屋になれるんだろう? どんな秘訣があるんだろう?」と。(グローリアの父は、とても立派な肉屋で働いていた)。彼女は言った。

「死ぬときは自分のことが懐かしくなると思う」

「ばかげてるな。死ぬときは死ぬだけさ」

「わたしの叔母さんはそう言ってなかった」

「きみの叔母さんなんてどうでもいい」

「わたしが人生でいちばん望んでることってなんだと思う? 映画女優になることなの。わたしが映画館に行くのはお給料日だけ。節約するために安い映画館に行くの。映画俳優って大好き。マリリンが全身ピンク色だったって知ってる?」

「で、きみは汚れた色だよ。映画女優になれる顔でもないし体でもない」

「ほんとにそう思う?」

「見ればわかるさ」

「映画で血を見るのは好きじゃない。血は絶対に見たくないの、吐き気がするから」

「吐きたくなるのか、それとも泣きたくなるのか？」

「神様のおかげでいままで吐いたことはないけど」

「だろうね。乳も出ない雌牛だよ」

考えるということは難しかった。彼女は、どうやって物事を考えればいいのかわからなかった。でもオリンピコは、考えることができただけではなく、言葉づかいが洗練されていた。最初に会ったとき彼に「お嬢さん《セニョリーニャ》」と呼ばれたことを、彼女は決して忘れないだろう。彼女を立派な人間として扱ってくれた。自分を立派な人間だと感じたから、彼女はピンク色の口紅を買いさえした。彼女の話にはいつも中身がなかった。いちども真実の言葉を言ったことがないということに、ぼんやりとながら気づいていた。そして「愛」のことを彼女は愛とは呼ばず、何だかわからないものと呼んでいた。

「なあ、マカベーア……」

「なあって何？」

「いや、まったく。なあっていうのは話しかけるときの決まり文句だよ！　おれの話、聞こえてるか？」

「全部聞いてる！」

「全部ってなんだよ、まったく。まだ何も話してないのに！　食堂でコーヒーをおごってやろうかなと思って。どうだ？」

「ミルクコーヒーでもいい？」

「いいさ、値段は同じだし。もし高かったら、その分はきみが払えばいい」

マカベーアはオリンピコにお金を出してもらったことはなかった。ミルクコーヒーをおごってもらったこのとき以外は。彼女は砂糖を入れすぎて、吐きそうになったけれど、恥をかかないように堪えた。砂糖をたっぷり入れたのは、せっかくの機会だったから。

それにあるとき、ふたりは動物園に行って、彼女は自分の入場料を払った。いろいろな動物を見て驚いた。怖くて、なんで生きているのかわからなかった。でもサイの、ぎゅっと詰まったような、ざらざらの、黒くて丸々とした塊が、スローモーションのように動いているのを見たとき、怖すぎて下着を濡らしてしまった。こんなことを言ってもうしわけないけれど、サイは神様が間違って作ったように彼女には思えた。でも彼女は神様のことなんて考えてもいなくて、ただそんなふうに感じただけだった。神様か何かのおかげで、オリンピコは何も気づかなかった。彼女は彼に言った。

「濡れたベンチに座っちゃったみたい」

彼は何も気づかなかった。彼女は思わず感謝の祈りを捧げていた。神様に感謝していたわけではなく、幼い頃の習い性でやっただけだった。

「キリンってすごく優雅ね？」

「ばかばかしい、動物が優雅なわけないだろ」

彼女は、高いところから見下ろしているキリンをうらやましく感じた。動物について感想を言ってもオリンピコが気に入らないことに気づくと、別の話題を持ち出した。

「〈時計ラジオ〉でちょっと変な言葉を言ってた。ギタイとかっていう」

オリンピコは彼女に不審の目を向けた。

「そんなのきみみたいな小娘が言うこととか？　そんなにいろんなことを知ってなんの役に立つんだ？　マンギには知りたがりの娼婦ばっかりいるよ」

「マンギって何？」

「悪い場所さ。男だけが行くところ。きみにはわからないだろうけど、教えてやるよ。安い女がいるんだよ。きみはおれにあんまり金を使わせないな。コーヒーくらいだ。いいか、それ以上使うつもりはないぞ」

彼女は思った。彼がわたしに何もおごってくれないのは、わたしが漏らしたせい。

動物園で雨が降ったあと、オリンピコは不機嫌になり、怒り狂っていた。そして自分が厳粛な男に似つかわしく無口になっていたことにも気づかず、彼女に言った。

「まったくどうしようもないな！　きみは口もきかないし、話題もない！」

それで彼女は不安になって言った。

「えっと、シャルルマーニュ大帝は自分の領地ではカロルスって呼ばれてたの！

それからハエはすごく速く飛ぶから、まっすぐに行ったら二十八日で世界一周するって知ってた？」

「そんなの嘘だろ！」

「嘘じゃない、わたしの純粋な魂に誓って言う。〈時計ラジオ〉で聞いたの！」

「おれは信じない」

「嘘だったら、いまここで死んでもいい。あなたを騙してるなら、お父さんとお母さんが地獄に堕ちてもいい」

「ほんとに死んじまうさ。いいか、きみはばかな振りをしてるのか、それともほんとにばかなのか？」

「よくわからない。たぶんちょっと……なんだっけ？……つまり、自分のことはよくわからないの」

「でも、少なくとも自分の名前がマカベーアだってことは知ってるだろ？」

「それはそう。でも自分の名前にどんな意味があるのかはわからない。大した人間じゃないってことだけはわかってるけど……」

「じゃあ覚えとけよ、おれの名前はいつか新聞に載って、みんなに知られるようになる」

彼女はオリンピコに言った。

「わたしが住んでる通りに歌を唄う雄鶏がいるって知ってる？」

「どうしてそんなに嘘ばっかりをつくんだ？」

「ほんとなの。それが嘘だったらお母さんが死んでもいい！」

「でもきみの母さんはもう死んでるんだろ？」

「ああ、そうだった……何言ってるんだろう……」

（でもぼくは何をしているのか？　ぼくは自分に起こったわけではないこの物語を、知りもしない人に向けて語っている。これほどの真実を知って、落ち込みもする。彼女の肉体のなかに、誰も見たがりはしない真実を探り当てるのが、ぼくのつらい使命なんだろうか？　ぼくがマカベーアのことを何でも知っているのは、あの肌の黄色い北東部出の女《ノルデスチーナ》のまなざしを、ちらっと捉えたことがあるから。その一目で、彼女はすっかりぼくのものになった。パライーバ出の彼について言えば、ぼくは間違いなく、心のなかで彼の顔写真を撮ったはずだ——そして、自然に湧き起こるままの関心を向ければ、顔というものはほとんどすべてを物語る）。

　ぼくはふたたび姿を消して、ふたりの登場人物の話に戻ろう。彼らは、いまの状況では半ば抽象の存在のままだ。

　オリンピコについては、まだじゅうぶんに説明していなかった。パライーバの荒野《セルタオン》から出てきた彼には、干ばつでひび割れた荒れた故郷の土地への愛着から来る辛抱強さがあった。パライーバの市場で買った、香り付きのワセリンをひと缶と櫛を一本、持ってきて大切にしていた。それで黒い髪をべったりとなでつけていた。リオの女の子たちがそういうオイルまみれの髪を気持ち悪く感じているとは思いもしなかった。生まれたときから、乾いた木の枝とか陽にさらされた石ころみたいに小麦色の肌をしていた。彼はマカベーアよりも救済を必要とする人間だった。それは他でもなく、誰もいない山奥で、自分の敵だった田舎男を、柔らかい肝臓のところに長いナイフを少しずつ刺し込んで殺したことがあったからだった。そのことは絶対に秘密にしていて、その秘密は彼に力を与えていた。オリンピコはけんかっ早い男だった。でも葬式には弱かった。いろいろな新聞、とくに『ウ・デーア』紙で告知を見て、見知らぬ他人の埋葬に週に三回行くことさえあった。そのたびに彼の目は涙でいっぱいになった。それが彼の弱さだったけれど、弱さを持たない人はいないだろう。埋葬のない週は空虚だった。彼は狂っていたかもしれないけれど、自分が好きなものをよく知ってはいた。だから彼はまったく狂ってなんていなかったとも言える。マカベーアは、オリンピコとは逆に、疑問と疑問が交わってできたようなものだった。実際、彼女は、餓えた両親の、どうでもいいようなぼんやりとした思い付きから生まれたみたいだった。オリンピコは機会さえあれば盗みを働いていて、自分が寝泊まりする解体現場の番小屋でも盗んだ。人殺しの過去があり、盗みを働く——そのために彼は他のどこにでもいる人間とは異なる者となり、品格のある、すでに磨き上げられた栄誉を持った男だった。彼がマカベーアより救われていた点は、新聞に載る権力者たちの顔写真のふざけた戯画を、じょうずにすばやく描き上げる才能を持っていることだった。それは彼にとって復讐でもあった。マカベーアに対して、もし仕事を首になったら、自分が働いている金属加工場で職を見つけてやると言ったことがあり、それは彼が彼女に示した唯一の好意だった。彼女にとってそれはびっくりするほどうれしいことだった（！）。金属加工場で働いたら、世界との確かなつながりを、ついに持つことができるから。それはオリンピコに他ならなかった。でもマカベーアは、ふだんは自分の未来を気にすることがなかった。未来を持つというのは贅沢なことだった。〈時計ラジオ〉で、世界には七十億人いると聞いて、彼女は自分が迷子になったように感じた。それでも幸せだと考えるいつもの癖ですぐに自分を慰めた。その七十億もの人が自分を助けてくれるのだろうと思って。

マカベーアは、ホラー映画とかミュージカルが好きだった。首吊りになったり心臓を銃で撃たれたりする女を偏愛していた。彼女は自分がいまのところ未遂の自殺者だということには気づいていなかった。人生はバターのついていない古いパンみたいに味気なかった。いっぽうでオリンピコは、生命力あふれる選ばれた悪魔で、自分で子どもさえ産みそうな、特別な精液を持っていた。前に書いたかどうか覚えていないけれど、マカベーアの卵巣は、火を通したキノコみたいにしおれていた。ああ、できることならマカベーアに温かいシャワーと温かいスープを与えて、ブランケットをかけて額にキスをしてあげたい。目覚めたときに彼女がただ、生きることがすばらしい贅沢だと思えるように。

オリンピコは、マカベーアと付き合うことにまったく満足していなかった――ぼくはいま気づいた。マカベーアは血統が弱い、できそこないだということをオリンピコはたぶん見て取っていた。でも彼はマカベーアの同僚のグローリアを見たとき、すぐに彼女には品があると感じた。

グローリアの血には上質のポルトガル・ワインが流れているようだったし、ひそかに混じったアフリカの血のために、彼女は腰を揺さぶりながら気取って歩いていた。肌は白かったけれど、黒人との混血から来る力を持っていた。根元のいつも黒い、縮れた金髪には、卵黄を塗っていた。そんな小細工をしていても彼女は金髪の白人で、オリンピコにとっては、それはひとつ上の等級を意味する事実だった。それに、北東部人《ノルデスチーノ》には見下すことのできない、大きな長所があった。グローリアは、マカベーアに紹介されたときに彼に言った。「わたしは生粋《ダ・ジェーマ》のリオッ子なの！」と。オリンピコには「生粋」という言葉の意味がわからなかった。それはグローリアの父が若い頃のはやり言葉だったから。リオっ子であるということで彼女は、ブラジル南部人という、憧れの階級に属していた。彼はグローリアを見てすぐに、美人ではないけれど栄養が取れていることを見て取った。上質の存在だと思った。

いっぽうでマカベーアとの恋は、最初の頃は熱かったとしても、すでに生ぬるくてありきたりのものになっていた。オリンピコはあまりバス停に姿を現さなくなった。でも少なくとも、彼は恋人だった。マカベーアはただ、彼が婚約者になってくれる日のことだけを考えていた。そして結婚してくれることを。

そのあと彼は調べに調べを重ねて、グローリアには母親も父親もいて、食事の時間にきちんと温かいものを食べていることを知った。そのために彼女は最高級の存在だった。彼女の父が肉屋で働いていることを知ったとき、オリンピコは天にも昇る心地だった。

グローリアは子どもを産みやすそうな尻をしていた。いっぽうでマカベーアは血統を絶やしてしまいそうに、彼には見えた。

言い忘れていたけれど、しおれたようなマカベーアの体が、無限に近くきわめて豊かな生の息吹を秘めていたこと、単為生殖で妊娠した処女のような巨大な生の息吹を抱えていたことは、じつに驚くべきことだった。彼女は錯乱した夢を見ることがあった。血塗られた歴史を持つ地球の遥か遠い時代を生きたかのように、ノアの大洪水の前に生きていた巨大な生き物たちの夢を見た。

そのとき（！）突然、オリンピコとマカベーアの恋が終わった。おそらく、奇妙ではあったけれど、少なくとも色あせた愛に似ていた恋が。他の子を見つけた、グローリアだ、と彼は彼女に告げた。（！）マカベーアは、オリンピコとグローリアに起こったことをはっきりと理解した——ふたりはすでに目と目でキスをしていた。

　彼は優しくも最後の別れのときに、あまりにも感情の乏しいマカベーアの顔を前にして、慰めの言葉をかけようとさえ思った。そして言った。

「マカベーア、きみはスープに落ちた髪の毛みたいだ。食べる気がしない。傷ついたんならあやまるけど、正直に言ってるんだ。傷ついたか？」

「いいえ、いいえ！　お願い、もう消えたい！　早くさよならって言って！」

　幸せとか不幸せとかについて、ぼくは語らないほうがいいだろう。ある冴えない思い出、ライラック、スミレの香り、砂浜に打ち寄せて泡立つ柔らかい波の冷たさを思い出す。苦しくなるから、思い出したくはない。

　マカベーアについて、言い忘れていた不幸せがまだある――彼女には、官能を強く求める傾向があった。彼女の腐食したような体が、彼女自身はそうと知らないまま、どうしてそれほどの色好みになれるのだろうか？　謎だ。彼女は付き合い始めて間もなく、オリンピコに３×４サイズの顔写真をくれるようにお願いしたことがあった。そのなかで金の犬歯を見せて笑う彼の写真をもらって興奮しすぎた彼女は、主の祈りを三回、アヴェマリアを二回唱えて落ち着こうとした。

オリンピコにふられたとき、彼女は（！）自分でも思わぬことに、笑ってしまった。笑ったのは、泣き方を忘れていたからだった。オリンピコは驚き、わけもわからず大笑いした。

ふたりは笑った。やがて彼は直感で、神経がやられたせいで笑っているのかと尋ねる優しさを見せた。彼女は笑うのをやめて、疲れ切った様子で答えた。

「わからない……」

マカベーアにもわかったことがひとつあった。グローリアが自分をひけらかすように生きていることだ。すべては彼女のふくよかな体のせいだった。脂肪は、マカベーアにとってつねに理想の鍵だった。マセイオーにいたとき、ある青年がふくよかな女に向かって言っていた。「きみの脂肪は美しい！」と。そのとき以来、太りたいと切望するようになり、人生で初めて願い事をした。叔母に、タラの肝臓の脂肪を買ってほしいと言った。（その頃から広告に踊らされがちだった）。叔母は彼女に訊いた。「贅沢できるような家の娘だと思ってるのかい？」と。

　オリンピコに別れを切り出されたあと、彼女は悲しみにくれるような人間ではなかったので、何事もなかったように暮らし続けた。（彼女は絶望やら何やらを感じなかった）。そもそも彼女に何ができただろうか？　彼女は決まったことしかできない性格だったから。悲しむことができるのは金持ちで、時間と余裕のある人だけだ。悲しみも贅沢品だった。

　言い忘れていたけれど、彼女と別れた次の日、彼女は思いついた。自分のためにパーティを開いてくれる人はいないし、婚約者もいないのだから、自分で開こうと。パーティといっても、必要もないのに、ふだん使っているピンクではなく、あざやかな赤の新しいリップスティックを買うことだった。会社の化粧室で、その薄い唇をはみ出してマリリン・モンローみたいに厚ぼったく見えるように塗りたくった。そして鏡のなかに、驚いて自分を見返している顔を見た。リップスティックを塗ったというよりも、殴られて歯が折れて肌は破れ、唇から血が噴き出しているように見えたから（！）。仕事部屋に戻ると、グローリアに笑われた。

「おかしくなっちゃったの？　悪魔みたいな唇にして？　兵隊の女みたい」

「わたしは処女なの！　兵隊の女でも船乗りの女でもない」

「こんなこと訊いて悪いんだけど、不細工なのって苦しい？」

「考えたこともないけど、ちょっと苦しいのかも。でもあなたはどうなの？　不細工で苦しい？」

「わたしは不細工じゃない!!!」とグローリアは叫んだ。

すべてが終わると、マカベーアはまた何も考えずにいるのを心地よく感じ始めた。空っぽ、空っぽ。彼女に守護天使がいないことはすでに書いた。それでも精一杯切り抜けてきた。自分にできないことについては関心がなかった。グローリアは彼女に訊いた。

「どうしてそんなにアスピリンをほしがるの？　文句を言いたくないけど、お金もかかるの」

「痛みを抑えるため」

「何？　え？　痛むの？」

「いつも痛むの」

「どこが？」

「体のなかのほう。うまく言えないけど」

彼女はますます自分のことを説明できなくなり、単純な生命体になっていった。ささやかなもの、真心あるもののなかに、赦しを求めた。時間が過ぎてゆくのを感じるのが好きだった。時計は持っていなかったけれど、むしろそのせいで、大きな時の流れを味わっていた。人生を超音速で生きているようだった。彼女が音速の壁を超えて生きていることには、誰も気づかなかった。他の人たちにとっては彼女は存在していなかった。彼女が他の人たちより優れているところと言えば、水なしで錠剤を飲み込むことができるという点くらいだった。いつも彼女にアスピリンをくれたグローリアは、そのことをすごいと言っていて、マカベーアの心は気持ちよい温かさに包まれた。グローリアはこうも言った。

「いつか薬が喉にくっついて、首を半分だけ切られて走り回る雛鶏みたいになるかも」

ある日、恍惚に包まれた。両腕を広げても抱きかかえられないほど幹が太い大木の前でのことだった。恍惚を覚えはしたけれど、彼女は神様とともに暮らしているわけではなかった。祈りを捧げるときも、心は他のところにあった。でも他の人たちが信じている謎めいた神様は、ときどき彼女に恩寵をもたらした。幸せ、幸せ、幸せ。魂が空を飛ぶような心地だった。空飛ぶ円盤も見た。このことをグローリアに話そうとしたけれど、どう話せばいいのかわからなかった。何を話せばいい？　空気について？　すべてを語ることはできない。すべてというのは空虚な無だから。

ときには、オフィスにいる最中に恩寵が訪れることもあった。すると彼女は化粧室に行ってひとりきりになった。微笑を浮かべて立ち、心が落ち着くのを待った。（神様は彼女に対してとても慈悲深かったように、ぼくには思える——つまり、彼女から奪ったものを彼女に与えていた）。虚ろな目をして立ったまま、何も考えずにいた。

グローリアは友達ではなく、ただの同僚だった。ふっくらとして、肌は白く、穏やかなグローリア。彼女からは変な匂いがした。まちがいなく、あまり体を洗ってはいなかったから。すねやわきのしたの深い毛を剃らずになでつけていた。オリンピコは思った。彼女は下の毛も金髪か？

　マカベーアに対して、グローリアはなんとなく母親のような感情を抱いていた。マカベーアがあまりにもしおれて見えるときには、彼女に言った。

「何が？」

　誰に対してもいらだったことのないマカベーアは、グローリアが話すときいつも最後まで言い切らないのが不快だった。グローリアは白檀の強い香りのオーデコロンを使っていて、胃が繊細なマカベーアは、その匂いに吐き気をおぼえた。でもいまグローリアは自分と世界をつなぐ唯一の存在だったので、何も言わなかった。世界とは、叔母と、グローリアと、ライムンドさんとオリンピコでできたもの——そしてごく一部は、ルームシェアしている女の子たちでできたものだった。自分を慰めるために、思春期の頃にはグレタ・ガルボの顔写真に自分を重ねていた。この事実にぼくは驚かされる。マカベーアに、グレタ・ガルボの顔が何を意味するのかを感じ取ることができるとは思わなかったから。グレタ・ガルボは、世界でいちばん偉い女性なんだろうと、彼女はわけもわからないまま考えていた。でも彼女が本当になりたかったのは、悲劇を招きそうなほどの官能の女王とも呼ぶべき、高貴なグレタ・ガルボではなかった。彼女がなりたかったのは、すでに言ったように、マリリンだった。ある日、めったに打ち明け話をしない彼女はグローリアに、そのことを話した。グローリアは大笑いした。

「まさかマリリンなんて！　目を覚ましたら！」

グローリアはうぬぼれて、自分に不足を感じていなかった。黒人との混血であることや、口元の小さなほくろが色気になることを知っていて、濃い口ひげはなでつけていた。金髪のそれは男の口ひげみたいに見えた。ずる賢い女で、心が強かった。マカベーアを哀れだと思っていたけれど、でもそれは彼女自身が解決すべきことで、愚かなのも自業自得だと思っていた。グローリアは考えた。わたしは彼女とは何の関係もない、と。

誰も他人の心のなかに入ることはできない。グローリアと話すときにも、マカベーアは胸の内を明かすことはなかった。

グローリアは、陽気そうな尻をしていて、メンソール入りのタバコを吸っていた。オリンピコとの長ったらしいキスのときにいい香りがするように。彼女は自分に満足していた。望むものはわずかで、そのすべてを手に入れていた。彼女は、いわば「誰の命令にも従わない」ことに挑んでいた。でもある日マカベーアから目が離せなくなった。ふいにがまんできなくなって、少しポルトガル風の抑揚で言った。

「あなたには顔ってものはある？」

「うん。鼻は低いけど。アラゴーアス生まれだから」

「ちょっと聞きたいんだけど、自分の将来のことを考えてる?」
その問いは宙吊りのままに終わった。相手は何を答えていいかわからなかったから。

そう。オリンピコの話に戻ろう。

彼はかっこつけてグローリアの気を引くため、北東部《ノルデスチ》市場で激辛のトウガラシを買い、その悪魔の実にかぶりついて、新しい恋人にどれだけ度胸があるかを見せた。体のなかの炎を消すための水はグラス一杯飲まなかった。がまんできないくらいの熱で彼は強くなって、グローリアが驚いて彼に従うようになったのは言うまでもない。彼は思った。おれの勝ちってことだな? そしてろくでなしみたいに彼女をつかんだ。彼女は蜜とふくよかな肉を彼に捧げるだろう。マカベーアと別れたのを後悔したことは一瞬たりともなかった。彼の運命は、いつか他の人たちの世界の頂きに上りつめることだと信じていたから。彼は他の誰かになることを渇望していた。ささやかながらも、男らしい男だった彼は、たとえばグローリアの世界で金持ちになるだろう。そしていつか、それまでずっと変わらなかった自分、自分自身にも隠していたそれまでの弱々しい自分から抜け出すだろう。彼は本当は、子どもの頃から、宇宙のなかで苦しく鼓動する孤独な心でしかなかった。荒野《セルタオン》の人間というのは何よりまず、病人だ。ぼくは彼を赦す。

グローリアは、恋人を奪った埋め合わせをしようと思って、日曜の午後、自分の家に食事に来るようにマカベーアを誘った。噛みついたあとで優しく息を吹きかけるということ？（ありふれた話で書くのもいやになる）。

そこで（！）マカベーアは目を見開いた。下層のブルジョワ階級の、薄汚く散らかったなかにも、郊外に住んで、お金を全部食べ物につぎ込める人、たくさん食べ物を手に入れることができる人の、心地よい温もりがあった。グローリアはジェネラル何とか通り沿いに住んでいた。軍人の名前がついた通りに住んでいると自分が立派になったようでうれしかった。彼女の家には電話まであった。これまで何度も感じたように、たぶんマカベーアはこのときにも、この世界には自分の場所はないと感じた。というのもグローリアが彼女にたくさんのものをふるまってくれたからだった。カップにたっぷり入った本物のミルクココア、いろいろな種類のシュガードーナツ、それにもちろんミニケーキ。マカベーアは、グローリアが部屋にいないあいだに、ビスケットをひとつ盗んで隠した。あとで、彼女に与えたり彼女から奪ったりする漠然とした神様のような存在に対して、赦しを求めた。それで自分が赦されたと感じた。その存在は何でも赦してくれた。

翌日の月曜日、ココアで肝臓を痛めたせいか、金持ちの飲みものを飲んで神経がやられたせいか、彼女は体調を崩した。でも、ココアという贅沢を無駄にしないために、頑なに吐き気をこらえた。数日後、給料をもらうと、勇気を出してグローリアから教えてもらった安い医者のところに行って、生まれて初めて診察してもらった（！）。医者は彼女を念入りに診察した。

「ダイエットでもしているんですか、お嬢さん？」

マカベーアはなんと答えていいかわからなかった。

「何を食べているんですか？」

「ホットドッグです」

「それだけ？」

「たまにモルタデッラのサンドイッチを食べます」

「飲みものは？　ミルク？」

「コーヒーと炭酸だけです」

「どんな炭酸？」と、医者は何を言っていいかわからずに訊いた。続けて無駄な質問をした。

「吐き気はときどきですか？」

「いえ、まったくありません！」と彼女はとても驚いて叫んだ。すでに言ったように、彼女は食べ物を無駄にするようなばかではなかったから。

医者は彼女を見て、ダイエットをしていないことはよくわかっていた。それでも彼には、ダイエットはしないほうがいいと言い続けるほうが楽だった。貧乏人相手の医者とはそんなものだということを、彼はよくわかっていた。そして、彼女に飲み薬を処方しながらそのように言った。彼女は、医者に診てもらうだけで病気は治ると考えていたので、その薬を買いもしなかった。医者はいらだって、なぜ急にこんな怒りを覚えるのかわからないまま、言い足した。

「そのホットドッグのダイエットとやらは完全に神経症です。あなたは精神分析を受ける必要がありますよ！」

彼女にはなぜそんなことを言われるのか理解できず、医者は彼女が微笑むことを望んでいると思った。それで微笑んだ。

太った汗まみれの医者は、時おり唇を神経質に痙攣させる癖があった。そのせいでいまにも泣き出しそうな赤ちゃんみたいに見えた。

その医者には志などというものはなかった。職業はただ金を稼ぐ手段で、愛してもいなかったし、患者たちに愛情を持ってもいなかった。診察中もぼんやりとしていて、貧乏はみにくいと思っていた。貧乏人を嫌悪しながら、貧乏人のために働いていた。彼にとって貧乏人たちは、彼自身がそこに入ってはいない上流階級が出した屑みたいなものだった。医学や臨床の最新知識がなくても、貧乏人の役に立つことはできた。自分がしたいことをするための金を稼ぐのが夢だった。したいことというのは、他でもない、何もしないことだった。

彼が診察を始めようとしたとき、彼女は言った。

「医者のところでは服を脱ぐって聞きましたけど、わたしは脱ぎません」

彼女のレントゲンを撮って、彼は言った。

「肺結核の初期症状がありますね」

それがいいものなのか悪いものなのか、彼女にはわからなかった。それで、自分が育ちのよい人間だと信じていたので、こう言った。

「ありがとうございます」

医者は別に憐れに思ったわけではないけれど、何を食べていいかわからないときは、トマトとバジルのスパゲッティにするとよいでしょう、と付け加えた。

さらに、自分も運に見放されていると感じていた彼のなかに残っていたわずかな善意から、こうも言った。

「そんなに高いものではありませんよ……」

「先生がおっしゃったものは、いちども食べたことがありません。おいしいんですか？」

「もちろんですよ！　わたしのおなかを見てください！　おいしいパスタとたく

さんのビールのせいです。あなたはビールはやめておいたほうがいい。アルコールは飲まないほうがいいでしょう」と言った。彼女は疲れて、「アルコール？」と訊き返した。

「いいですか？　もうどっかに行きなさい！」

そう、ぼくはマカベーアに恋している。ぼくの愛しいマカ、彼女のみにくさに、まったく取るに足らないところに恋している。彼女は誰にも必要とされていなかった。その弱い肺に、痩せぎすであるところに恋している。ぼくは彼女が口を開いてこう言うことを強く望む。

「この世界でひとりぼっちのわたしは、誰も信じない。みんなわたしに嘘をつく。愛し合うときでも。誰も他人とわかり合うことなんてできない。真実はひとりきりのときにしかやってこない」

でもマカは、こんなふうに長くはっきりと話すことは決してなかった。第一に語彙が少なかったから。それに自分のことをわかっていなくて、何に対しても不平を言わず、幸せさえ感じていた。彼女がばかな女だったという話ではなく、ばかな人間の幸せが存在するということだ。ただ自分自身に注意を向けていなかった。つまり、彼女は無知だった。（ぼくはマカに自分の状況を当てはめてみようとしたことに気づいた。ぼくは一日に数時間は孤独が必要で、それがないと〝ぼくは死ぬ《ミ・ムエロ》〟）。

　ぼくについて言えば、ぼくが本当に自分であるのはひとりきりのときだけ。小さい頃、世界の外に落ちてしまうんじゃないかと思う瞬間がときどきあった。他のものはみんな落ちるのに、どうして雲は落ちてこないんだろう？　雲を支える空気の力より、重力が小さいから。賢いだろう？　そう、でもいつか雨になって落ちる。それがぼくの復讐だ。

マカベーアはふだんから嘘をつく傾向があったので、グローリアには何も言わなかった。本当のことを言うのが恥ずかしかった。嘘をつくほうがずっと慎み深かった。うまく嘘をつけるのは、育ちのよい証だと思っていた。同僚のグローリアを妬むあまり、とりとめのない妄想をして、自分に対しても嘘をついていた。グローリアは、たとえば、新しいことを考えつくのが得意だった。彼女がオリンピコにさよならを言うとき、自分の指先にキスをして、鳥を放つみたいにそのキスを空中に投げるのを、マカベーアは見た。そんなことマカベーアには思いつきもしなかった。

(この物語は、ありのままの素材でできた飾り立てのない事実でできていて、それらの素材は考える前にやってくる。言えないこともぼくはたくさん知っている。というか、何を考えるというのだろう?)

グローリアは、たぶん後ろめたさから、彼女に言った。

「オリンピコはわたしのものだけど、あなたにはきっと新しい恋人ができる。占い師がそう言ったから。絶対当たる霊媒師だから、わたしは逆らいたくない。あなたも彼女にカードで占ってもらったら？」

「それって高いの？」

ぼくは書くことに疲れ切っている――沈黙だけがぼくの仲間だ。ぼくが書き続けるのは、死を待つあいだ、この世界で他にすることもないから。暗闇のなかで言葉を探し続ける。ささやかな成功がぼくに入り込み、路上の人の目にぼくをさらす。ぼくは泥沼にはまりたい。低劣なものを求める気持ちを抑えることはできず、乱痴気とか、最悪な部類のこの上ない快楽を必要としている。豚とか鶏とかになりたい。それからそいつらを殺して血を飲みたい。マカベーアの性器について考える。それはちっぽけで、意外なほど濃く黒い毛で覆われている。性器は、彼女の存在の熱気を証す唯一のもの。

彼女は何も求めていなかったけれど、彼女の性器は求めていた。墓のなかで生まれたひまわりみたいに。ぼくはもう疲れている。たぶん、マカベーアとグローリアとオリンピコに付き合っているせいで。医者のところに行ったらビールの匂いで気持ち悪くなった。三日ぐらいこの物語は中断する必要がある。

三日間、ぼくはひとりで、登場人物たちから離れ、われを忘れて、服を脱ぎ捨てるみたいに自分を脱ぎ捨てていた。眠り込むくらいまで、われを忘れる。

そしていま、ぼくはまた浮かび上がってきて、マカベーアを懐かしく思う。続けよう。

「それって高いの？」

「お金貸してあげる。マダム・カルロータは呪いも解いてくれる。聖ミゲルの日を過ぎた頃、十三日の金曜日のちょうど真夜中に、マクンバ〔西アフリカ起源で南アメリカ各地に広がる信仰。キリスト教の立場からは呪術と見なされることが多い〕の祭儀場でわたしも呪いを解いてもらったの。わたしの真上で黒い豚一頭と白い雌鶏七羽を切って、血まみれになったわたしの服を引き裂くの。あなたにそれをやる勇気はある？」

「血は見られないかも」

それはたぶん、血が各々にとって秘密のもので、生き生きとした悲劇だからだろう。でもマカベーアが知っていたのは血を見ることはできないという事実だけで、残りはぼくが考えたこと。ぼくは恐ろしいほどに事実に惹かれている。事実は硬い石。それから逃げる術はない。事実は世界が発した言葉だ。

そう。

突然の申し出を受けて、休暇を願い出ることなどできなかったマカベーアは、歯が痛いと上司に嘘をついて、いつ返せるかもわからないお金を受け取った。その大胆さが予期していなかった勇気につながって、彼女はより大胆なことをした（！）――その借りたお金について、彼女はねじ曲げた理屈で、自分のお金じゃないなら無駄づかいしてもいいと考えた。それで人生で初めてタクシーに乗って、オラーリアまで行った。彼女がそんな度胸を持ったのは、絶望からではなかったかとぼくは思う。彼女は自分が絶望していると気づいてはいなかったけれど、倒れて口が地面に着きそうなくらい、最悪の状態まで疲れ切っていた。

　マダム・カルロータの住所はわりと簡単に見つかった。よい兆しだと思えた。一階のその住居は十字路のところにあって、その路地の小石のあいだには雑草が生えていた――そのことに気づいたのは、彼女はささいなつまらないことに気づく癖があったから。呼び鈴を鳴らすあいだ、ぼんやりと考えた。雑草は単純で気楽だ、と。何の役にも立たないとりとめもないことを考えるのは、彼女が心のなかの自由を持っていた証だ。

マダム・カルロータ本人が出てきて、彼女をひと目見て言った。

「あなたが来ることを、わたしの導き主は告げていましたよ。あなたの名前は？　ああ、そう？　きれいな名前。さあ、お入りなさい。奥の部屋にもお客さんがいるからここで待っていて。コーヒーは飲む？」

マカベーアは、そんなに優しく扱われたことはなかったので、少し驚きながら座った。そして自分のかよわい生命を守るために、冷めた、ほとんど砂糖の入っていないコーヒーを飲んだ。自分がいる部屋に憧れと尊敬のまなざしを向けると、すべてが贅沢なものに見えた。肘掛け椅子やソファは黄色いプラスチック製。それに花までプラスチック製。プラスチックって最高。呆然と口を開けていた。

奥の部屋から、目を赤く腫らした女の子が出てきて、マダム・カルロータはついにマカベーアを部屋に入れた。（事実を扱うのはなんてつまらないんだろう。

日常というものにぼくはうんざりして、ただの愚痴に過ぎないこの物語を書くことを面倒だと感じる。ぼくが自分の能力の内と外とで書いていることが、ぼくにはわかっている。自分がいま書くことに責任を持つつもりはない）。

だから続けよう、苦心することになっても――マダム・カルロータはでっぷりとしていて、肉づきのいい唇はあざやかな赤に塗っていて、脂っぽい顔には、光沢のあるチークで小さな丸を描いていた。半分壊れた陶器の人形みたいだった。（この話を掘り下げることができないのはわかっている。描写するのは退屈だ）。

「わたしを怖がらないでね、おもしろくてかわいいお嬢さん。わたしのそばにいるということは同時にイエス様のおそばにいるということだから」

そして、心臓が赤と金で描かれたキリストの絵を指し示した。

「わたしはイエス様のファンなの。あのお方に恋してるの。あのお方はいつもわたしを助けてくださった。若い頃は、楽な生き方ができるくらい上等な女だった。

ほんとうに楽だった、神様のおかげで。それから、あんまり男の人にもてなくなってからも、イエス様のお力のおかげで、同僚と会社を創って、売春屋を開くことができた。そこでお金を儲けて、一階のこの部屋を買うことができたの。たくさんの女の子たちの世話をするのが大変だったから、売春屋は手放した。みんなわたしからお金を盗もうとばかりしてたから。わたしの話、おもしろい？」

「とても」

「ならよかった、これは嘘じゃないから。あなたもイエス様のファンになりなさい。ほんとうに救ってくださるから。警察はカード占いを取り締まってる。わたしが詐欺をしてると思ってるけど、さっき言ったみたいにわたしには神様のご加護がある。警察だってイエス様からお金を巻き上げることはできない。あのお方はわたしにお金を稼がせてくれて、高級な家具を買えるほどお金持ちにしてくれたのは見てわかるでしょ？」

「はい」

「そう、あなたが思うとおり神様のおかげなの。あなたは頭がいいみたいでよかった。わたしは頭がよかったから救われたの」

マダム・カルロータは話しているあいだ、蓋の開いた箱からボンボン菓子を次々と取り出してはその小さな口に放り込んでいた。マカベーアにはひとつも差し出さなかった。マカベーアは、すでに言ったように、ささいなことに気づく傾向があったので、そのボンボンひとつひとつから嚙むと濃厚な液体が出てくるらしいと気づいた。ボンボンをほしがったりはしなかった。あらゆる物は他人のものだということを学んでいたから。

「わたしは前は貧しくて、ろくに食べるものもなかったし、いい服も持っていなかった。それで体を売るしかなかった。それでよかったの。わたしは優しい人間、どんな男の人にも優しい人間だったから。それに何より、そういう所は楽しかった。同じ仕事をしてる女の人たちとおしゃべりできて。わたしたちは団結してて、他の人を痛めつけることなんてたまにしかしなかった。でもそういうのも楽しかった。わたしは強かったし、殴ったり髪を引っ張ったり嚙みついたりするのは好きだったから。嚙みつくといえば、わたしの歯がどれくらいきれいだったか、あなたには想像もつかないでしょうね。真っ白で、きらきらしていて。でももうぼろぼろになっちゃって、いまは入れ歯を使ってるの。気がついた？」

「いいえ」

「そう、わたしは清潔好きで、悪い病気にはかからなかった。いちどだけ梅毒にかかったけど、ペニシリンで治った。わたしは親切で自分のものを人にあげたりして、他の子たちよりがまん強かった。本当に好きになったお客さんもいて、わたしが生活を支えてあげた。繊細で、仕事をして疲れたくないっていう人だったから。彼はわたしにとっての贅沢品だった。わたしは暴力を振るわれたりもした。

彼に殴られると、わたしのことが好きなんだってわかった。わたしは殴られるのが好きだったの。彼のことは愛してた。他の男たちは仕事で相手をしただけ。彼がいなくなったあとは、苦しみたくなかったから、女の人を愛して気を紛らわせた。女の人の優しさってすばらしいの。あなたは野蛮な男に耐えられないくらい繊細みたいだから、あなたにもおすすめしますよ。女の人と付き合ってみたら、どんなに素敵かわかる。女同士の優しさってとっても上品なの。女の人と付き合う気持ちはある？」

「いいえ、奥さま」

「あなたはおめかしもしてないもの。おめかしをしないのは、自分を雑に扱うってこと。ああ、売春街が懐かしい！　本当の紳士が客だった、マンギのいちばんいい時代を経験したの。決められた料金の他に、チップをもらうこともよくあった。マンギはもうなくなりそうだって聞いた。もう五、六軒しか売春屋が残ってないって。わたしのときには二百軒くらいあった。わたしは透けたレースのパンツとブラだけを着けて、玄関口に寄りかかって立ってた。それからすごく太って、歯がなくなっていって、女主人《カフチーナ》になった。女主人《カフチーナ》ってどういう意味かわかる？　この言葉を使うのは、わたしは言葉を怖がったことなんてないから。そういう言葉にびっくりする人もいる。あなたも怖がったりする？」

「はい、奥さま」

「じゃあ汚い言葉をうっかり使わないように気をつけるから、安心して。マンギはすごい悪臭がするって聞いた。わたしがいた頃には、お香を焚いて家のなかの空気をきれいにしてた。教会みたいな香りだった。どんなことに対しても、敬意をもって、信仰も大切にしてた。もちろんボスの女にもちょっと上げてたけど、お金は貯まっていった。ときどき銃撃もあったけど、わたしは無事だった。かわいらしいお嬢さん、わたしの話ってつまらない？　そんなことない？　カード占いはまだ待てる？」

「はい、奥さま」

そしてマダム・カルロータは、マンギの彼女の小部屋では、壁がきれいに飾りつけてあったと話した。

「男の人の匂いって素敵なの。お嬢さん、あなたは知ってる？　体にもいいの。男の人の匂いをかいだことはある？」

「いいえ、奥さま」

ようやく、指を舐めてマダム・カルロータは彼女に言った。左手でカードを分けてね。かわいらしいお嬢さん、わかった？

マカベーアは、震える手でひとかたまりのカードを分けた。初めて、自分の運命を知ることになる。マダム・カルロータは（！）マカベーアの人生におけるひとつの頂点だった。彼女の人生の旋風がすぼまっていって、輝く赤のチークでプラスチック素材みたいに肌がなめらかなこの偉大な婦人へ、注ぎ込もうとしていた。マダムはふいに目を見開いた。

「まあ、マカベーア、あなたの人生のひどいこと！　親愛なるイエス様があなたを憐れんでくださいますように！　なんてひどいの！」

　マカベーアは真っ青になった。自分の人生がひどいなんて思ったことはなかった。

　マダムは彼女の過去をすべて言い当てた。父母をほとんど知らないこと、意地悪な叔母に育てられたということまで。マカベーアはそれを聞いて驚いた。叔母は、彼女が最高に洗練された女性になるように教育してくれたと、そのときまで思っていたから。

「現在も、お嬢さん、ひどいですね。あなたは仕事も恋人も失う。かわいそうに。払えないなら相談料はいりませんよ。わたしはお金のあるマダムですから」

ただで何かをもらうのに慣れていないマカベーアは、感謝しつつ、その申し出を丁重に断った。

そして（！）突然、それは起こった。マダムの顔が、明かりが灯ったように輝いた。

「マカベーア、すごい知らせ！　よく聞いてね、お嬢さん、とても大切なことを言うから。重大で、うれしいこと。あなたの人生はすっかり変わります！　それもこの家を出た瞬間から！　別の誰かになったみたいに感じるでしょう。それに、あなたの恋人は後悔していて、あなたのところに戻ってきて結婚を申し込みます！　そしてあなたの上司は考え直して、あなたを首にはしないと言うでしょう！」

マカベーアは、希望を抱くための勇気を持てたことがなかった。

でもいまマダムの言葉は、天井から響いてくるトランペットのように響いていた。脈が速く打つのを感じていた。マダムは正しかった。イエス様がやっと彼女を気にかけてくれた。突然湧いてきた未来への欲（！）で、彼女の目は大きく見開いた。ぼくもやっと希望を持つことができる。

「もっとあります！　夜、外国人の男があなたの家に大金をもたらすでしょう。外国人の知り合いはいる？」

「いいえ」とマカベーアはがっかりして言った。

「じゃあこれから知り合うでしょう。彼は金髪で、瞳は青か緑か茶色か黒。あなたが前の恋人のことを好きじゃないなら、その外国人はあなたに恋をします。いいえ！　いいえ！　いいえ！　別のものが見えます（！）。はっきりとは見えないけど、導き主の声が聞こえます。その外国人はハンスという名前で、あなたと結婚するのは彼です！　彼はお金持ち。外国人はみんなそうだけど。わたしがもし間違っていなければ、わたしが間違うことはないけど、彼はあなたを深く愛しますよ、かわいそうなお嬢さん。あなたはヴェルヴェットとサテンのドレスを着て、毛皮のコートまでもらうでしょう！」

　大それた幸福にともなう痛ましさのせいで、マカベーアは震え始めた（！）。ただこう言うことができただけだった。

「でも、リオは暑いから毛皮のコートはいりませんよね……」

「おしゃれだからに決まってるじゃないの。こんなにいいカードを見たのは久しぶり。わたしは本当のことしか言わないの。さっき出ていった女の子にだって、車に轢かれるでしょうって正直に言っちゃって、彼女はすごく泣いてた。赤くなった目を見た？　その、かわいそうに、ほとんど中身がなくて肌にふれているだけのブラジャーのなかにしまっておくおまじないをあなたに授けます。体に肉が付くまでブラジャーのなかに綿を詰めて胸があるように見せておきなさい。いい、お嬢さん、イエス様はこのおまじないの分もお金をもらうようにおっしゃるの。

だってカード占いでもらうお金はみんな子どもの施設に寄付してしまうから。でも無理だったらいいの、わたしが言ったとおりになってから払いに来てくれれば」

「いいえ、払います。全部当たりましたから……」

マカベーアは少し酔ったような感じで、自分が何を考えているのかもわからず、髪の多くない頭に盾を授けてもらったようで、まるで不幸なことが起こったように途方に暮れていた。

何より、初めて、他の人たちが恋と呼んでいるものを体で感じつつあった。そのハンスに恋をしていた。

別人になったように勇気を持って、「どうやったら髪の毛を増やせますか？」と訊きさえした。

「望みが多すぎますね。でもいいでしょう。アリストリーノの液状石鹼で頭を洗うといいでしょう。黄色い固形石鹸は使わないで。この助言は無料でいいですよ」

そんなことまで（！）？　心が高鳴った。髪の毛を増やすことまでできるの？　オリンピコのことは忘れて、その外国人のことを考えていた。青か緑か茶色か黒の瞳をした男の人を手に入れるなんて大きすぎる幸運だった。間違えるはずはなかった。可能性の平原は広大だった。

「とにかく」とマダムは言った。「あなたはここを出て、すばらしい運命に出会います。他のお客さんも待ってるし、あなたに時間をかけすぎました、お嬢さん。でもよかった！」

ふと強い衝動を感じて、つい弾みで（！）マカベーアは、大胆かつ不器用に、マダムの顔に音を立ててキスをした。そしてまた自分の人生がよりよくなりつつあると感じた。というのも、キスするのは心地よかったから。小さい頃には、キスをする相手がいなくて、壁にキスをしていた。マダムへの優しさは自分への優しさだった。

マダムはすべてを当てていた。マカベーアは驚いていた。そのとき初めて、自分の人生が不幸だったと知った。自分の知らなかった面を見て、泣きたくなった。前にも書いたように、そのときまで自分は幸せだと思っていたから。

よろめきながら占い師の家を出て、夕闇に染まった小道で立ち止まった。誰のものでもない夕暮れ時に。でも彼女の目は、一日の終わりの時が、血の染み、黒に近い黄金であるかのように、眩んでいた。満ち足りた空気が彼女を迎え入れ、渋面のような夜の始まりの一刻も、そう、深く壮麗だった。マカベーアは少し呆然として、道路を渡るべきかどうか迷った。彼女の人生はもう変わってしまったから。言葉によって変わってしまったから。モーゼ以来、言葉が神聖なものであることは知られている。道路を渡るときにさえ、彼女はもう別人だった。未来を身ごもっている人。これまで感じたことがないくらい大きな、荒々しい希望を感じていた。もし彼女がもう彼女自身でないとすれば、それは、新たなものを手に入れることに値するひとつの喪失を意味していた。死の宣告を与えるように、占い師は彼女に生の宣告を与えた。すべてが突然、広々としたものに感じられ、泣きたい気持ちになった。でも泣かなかった。彼女の瞳は、沈んでゆく夕陽のように煌めいていた。

そして、歩道から一歩降りて道路を渡ろうとしたとき、運命が（！）すばやく貪欲に囁いた——いまだ、いまこそ、わたしの番だ！

そして、大西洋横断船のように巨大な黄色いメルセデスベンツが彼女にぶつかった。その同じ瞬間に、世界のどこかで一頭の馬が、返答するように、後ろ脚で立っていななきの笑い声を上げた。

倒れるとき、マカベーアには、マダム・カルロータの予言が当たり始めていると理解する時間があった。というのも、それが高級車だったから。倒れたってい い、と彼女は考えた。ただ突き飛ばされただけ。歩道の段の角に頭をぶつけて、倒れて、顔は排水溝のほうに向くともなく向いていた。頭からは、血がひとすじ、意外なほど赤く豊かに流れ出ていた。そのことは、彼女も結局は、いつの日か声を上げる権利を取り戻すかもしれない、根強く生き延びている小人の一族に属しているということを意味していた。

(ぼくにはまだ、時間を数分戻して、マカベーアが歩道に立っていたところから、楽しく語り直すことができるかもしれない——でも、その金髪の外国人の男が彼女を見たかどうか、ぼくにはわからない。その先まで来てしまったのだし、もう戻ることはできない。少なくとも、幸いぼくは死について語らなかったし、これからも語らず、ただ衝突事故について語るだけだ)。

マカベーアは、道路の一隅に、無防備なまま留まっていた。おそらく心をさまざまな感情から解き放って休めながら、下水の石ころのあいだにまばらに生えている草を見た。人間にとって最も優しい希望を表す緑色をまとった草を。今日がわたしの人生の最初の日なんだ、と彼女は考えた。わたしは生まれたんだ、と。（真実はいつも、心のうちの説明のつかない感触だ。真実をそれと認識することはできない。じゃあ存在しない？　そう、人間にとっては存在しない）。

草の話に戻ろう。マカベーアという、取るに足りない生き物にとって、偉大な自然はただ下水の草という形でしか現れなかった――広大な海や高い山の峰が現れたら、体よりも純潔だった彼女の魂は錯乱して、生体組織は爆発し、腕はこっちに、内臓は向こうに吹き飛び、空っぽの頭は両足の上でくるくる回ることになっただろう――蠟のマネキン人形が壊れるように。

ふいに彼女は自分自身に注意を向けた。無音の地震が起こっていたのだろうか？　アラゴーアスの大地が、傷口に現れ出ていた。ただぼんやりと草を見つめていた。大都市リオデジャネイロに生えた草。虚しく。もしかするとマカベーアもかつて、自分のものにはできない街で、自分もまた虚しい存在だと感じたことがあったかもしれない。運命は彼女のために、暗い小道と排水溝を選んでいた。彼女は苦しんでいたのだろうか？　たぶんそうだと思う。首を切られ損ねて血を流しながら、恐怖のあまり走り回る雌鶏のように。ただ、雌鶏は逃げる――痛みから逃げるように――恐ろしい鳴き声を上げながら。いっぽうマカベーアは無言で闘っていた。

　ぼくは彼女が死なないように、できるかぎりのことをやるつもりだ。でも、彼女を眠らせてやりたい気持ち、ぼく自身もベッドに入って眠りたい気持ちも大きい。

　そのとき、小雨が柔らかく降り始めた。オリンピコは正しかった。彼女には雨を降らせることしかできない。冷たい水の細い線が、少しずつ彼女の服を濡らしてゆき、それは心地よいものではなかった。

ぼくは問いかける。世界でこれまでに書かれてきたあらゆる物語は、苦しみの物語なのだろうか？

何人かのひとが、どこからともなくその小道に現れ、マカベーアの周りに集まって、それまでも彼女のために何もしたことがなかったのと変わらず、何もせずにいたけれど、いまは少なくとも彼女を見つめていて、そのことで彼女は実在していた。

（でも、誰かに罪があると判断する資格がぼくにあるのだろうか？　最悪なのは、ぼくが彼らに赦しを与えなければならないということだ。ぼくたちの命を奪う犯罪者を、無差別に愛するか愛さないかという、無の境地に達する必要がある。でもぼくは確信が持てずにいる。誰に対してかはわからないけれど、こう問わなければならない、自分を虐殺する誰かを愛さなければならないのかと、あなたがたのうち誰がわたしを虐殺するのかと。そして、ぼく自身よりも強いぼくの生命は、復讐したいからするのだと答えるし、あとで死ぬとしても、溺れかけている人みたいに闘わなければならないと答える。それなら、そうなのだろう）。

マカベーアは、ところで、死ぬんだろうか？　ぼくには知りようがない。そこにいた人たちだって知らなかった。確信を持てないまま、近所の誰かが彼女の体のそばに火の灯ったロウソクを置いていた。贅沢で豊かな炎は、栄光を歌っているように見えた。

（ぼくはわずかなことについて、法衣をまとわせ、宝石を付け、栄光で飾り立てながら書いている。そんなふうに書くべきだろうか？　いや、飾り立てるのではなくて脱がせていくべきだ。でも脱がせてしまうことは怖い。裸というのは最後の言葉だから）。

いっぽうで、地面に横たわったマカベーアは、しだいに自分自身に近づいていくように、ますますマカベーアになっていくようだった。

　これはメロドラマだろうか？　ぼくにわかるのは、彼女の人生の頂上がメロドラマだったということ、あらゆる人生は創作だということ、彼女の人生は、雨と雷みたいな、抑えがたい大きな悲しみに向かっていたということ。

　そのとき、すりきれたジャケットを着た痩せた男が、ヴァイオリンを弾きながら曲がり角に現れた。その男をぼくはいちど、子どもの頃、レシーフェで日暮れ時に見たことがあり、そしてヴァイオリンの長い鋭い音が、金色の線で、暗い通りの神秘をくっきりと描いていたということは、言っておかなければならない。その痩せこけた男は、トタンの小さな缶を持っていて、そのなかでコインが乾いた音を立てていた。それは、命が失われたと悲しく告げる彼の音楽を、ありがたく聴く人たちが投げ入れたものだった。いまやっとぼくには理解できる、いまやっと秘密の意味がわかるようになった。ヴァイオリンは知らせなのだと。ぼくが死ぬときにも、その男のヴァイオリンの音を聞くのだろうし、ぼくが求めるのは、音楽、音楽、音楽なのだろう。

マカベーア、アヴェマリア、かわいらしい、約束の静謐なる地、赦しの地、その時はやってくるはずだ、ぼくたちのために祈ってほしい、ぼくは自分を使って知ろうと試みるから。ぼくからきみに届く魔法のおかげで、ぼくはきみのことを骨まで知っている。原初のまま広がっている。同時に、あらゆるものの後ろで、不変の幾何模様が鼓動している。マカベーアは港の船着場を思った。船着場が、彼女の命の中心に近づいていた。

マカベーアは赦しを求める？　いつも求めるから。何のために？　そういうものだから、というのが答え。ずっとそうだった？　ずっとそのままだろう。もしそうじゃなかったら？　でもぼくはそうだと言っている。そう。

大きな目が頻繁に瞬いていたし、痩せた胸が、苦しげな呼吸に合わせて、上がったり下がったりしていたので、生きていることは完璧に見て取れた。でももしかして、彼女は死ぬことを必要としているのではないか？　人には、そうと知ることのないまま、小さな死を必要とする瞬間というものがあるから。ぼく自身は、死という行為を、その象徴によって経験している。深いキス、ざらついた壁にするものではなく、口と口とのキスで、死に等しいよろこびの苦しみを感じる。ぼくは象徴においては何度も死んでいる。ただ復活を経験したいがために。

死ぬという、マカベーアにとっての映画スターの時がまだ訪れていないことを、ぼくはうれしく思う。少なくとも、ブロンドの外国人の男が彼女のもとにやってくるかどうか、ぼくにはまだ言い当てられずにいる。彼女のために祈ってほしい、みんながいましていることを中断して、彼女に命を吹き込んでほしい。だってマカベーアはいま、果てしなく吹きつける風に揺れる扉のようにこの出来事のなかに放たれたままになっているから。ぼくには、幼さの残るこの女の子の命を奪うという、もっと簡単な解決策を取ることもできるかもしれないけれど、ぼくは最悪のものを望んでいる——それは命。ぼくの文章を読んでいる人たちは、自分の腹を殴って、その感触を確かめてほしい。命とは、腹を殴られること。

いまのところ、マカベーアは、汚れた舗装石の上の曖昧な感情でしかなかった。ぼくは彼女を路上に放っておいて、物語を終えることもできるかもしれない。でもそうはしない。空気が果てるところまでぼくは進む、強い暴風が轟音を立てて吹きすさぶところまでぼくは進む、空虚が曲線を描くところまでぼくは進む、自分の呼吸が連れていくところまでぼくは進む。ぼくの呼吸は神様のところまでぼくを連れていくだろうか？　ぼくは純粋すぎて何も知らない。知っているのはただひとつ——神様を憐れむ必要はない。それとも、その必要があるのだろうか？

まだ生きていたので、ゆっくりと体を動かして、胎児のように丸くなって楽な姿勢を取った。彼女の姿は、これまでずっとそうだったように、グロテスクだった。あきらめの悪さと同時に抱きしめられたいという欲求を示していた。彼女は、甘い虚無を求めて、自分自身を抱きしめていた。彼女は呪われた人間だったけれど、そのことを知らずにいた。残された意識の細い糸にしがみついて、心のなかで絶えずこう繰りかえしていた——わたしはいる、わたしはいる、わたしはいる、と。自分が誰なのかは知らなかった。自分の心のなか、暗い奥底にまで行って、神様が与えてくれる生の息吹きを探した。

　そして——そこに横たわったまま——しっとりとした、最高の幸せを感じた。というのも、彼女は死に抱《いだ》かれるために生まれたのだから。死は、この物語の、ぼくのお気に入りの登場人物だ。彼女は自分自身に別れを告げるのだろうか？彼女は生きたいという強い気持ちを持っているから、死なないとぼくは思う。彼女が身を縮めるさまには、ある官能が見て取れた。あるいはそれは、死に際が、官能を求める強い欲求に似ているからだろうか？　というのも、彼女の顔は、欲望で顔をしかめているように見えたから。物事はつねに前夜なのであり、彼女はいま死なないとしても、ぼくたちと同じように死の前夜にある。その事実を思い出させたことを赦してほしい。ぼくは自分の慧眼を赦しはしないから。

　愛のさなかに感じるような、繊細で、ぞくっとする、凍りつくような、鋭い快感。これは、あなたがたが神様と呼んでいる恩寵だろうか？　どうだろう？　もし彼女が死ぬなら、死のなかで彼女は処女でなくなり、女になる。いや、死ではない。ぼくは彼女の死を望まない——ただの交通事故で、それは惨劇でさえない。生きようとする彼女の努力は、処女だった彼女は経験していなかったものの、少なくとも直観はしていた、あることに似ていた。というのも、いま初めて彼女は、女は最初に産声を上げたときから女として生まれるということを理解し始めていたから。女の運命は、女になること。愛のさなかの、痛ましく、呻りを上げるような気絶の瞬間を、彼女は直観した。そう、痛ましい、返り咲こうとする努力は困難を極めていた。彼女は全身と、あなたがたが魂と呼ぶもの——ぼくはそれを何と呼ぶ？——の力を振り絞っていた。

そのときマカベーアが発した言葉を、通りがかった人は誰も聞き取れなかった。彼女ははっきり言った。

「未来のことは」

彼女は未来を恋しく思ったのだろうか？　ぼくには饒舌な古い歌が聞こえる。そう、そんな感じだ。まさにそのとき、マカベーアは胃に深い気持ち悪さを感じて、吐きそうにさえなった。自分の体ではないもの、光を発する何かを吐き出したかった。千の鋭角を持つ星を。

ぼくはいま何を見て、何に驚いているのか？　ぼくは見る、彼女が少し血を吐くのを、広漠たる忘我の境地に至るのを、魂の奥底が魂の奥底にふれるのを——勝利だ！

そしてそのとき――そのとき、突然、カモメが死に際の叫び声を上げた。突然、獰猛な鷲がおとなしい羊を空高くへ連れ去った。優しい猫が、汚れた、どこにでもいるようなネズミを切り刻んだ。命が命を食べる。

ブルータス、おまえもか?!

そう、このようにしてぼくは告げたかった――マカベーアが死んだことを。闇の王子が勝利を収めた。ついに彼が王冠を戴く時が来た。

ぼくのマカの真実とは何だったのか？　真実を見出せばいい、彼女はすぐにいなくなってしまうのだから。その瞬間は過ぎた。ぼくは問いかける。それは何なのか、と。答え。それは存在しない。

でも、死んだ者たちを憐れむことはない。彼らは自分たちが何をしているのか理解している。ぼくは死者たちの国に行ったことがあって、黒々とした恐怖を覚えたあと、赦しを得てふたたび戻ってきた。ぼくは無垢だ！　ぼくを使い捨てにしないでほしい。ぼくは売り物ではない！　かわいそうなぼく、すっかり堕落して、ぼくに大きな罪があるみたいだ。どうかぼくの手と足を洗ってほしい、それから――それからそこに、香り高い聖油を塗ってほしい。よろこばしい気持ちになりたいと強く思う。いまぼくは大笑いしようと努めている。でもどうして笑えないのかわからない。死とは、自分と出会うことだ。横たわって死んでいる彼女は、死んだ馬みたいに大きかった。いちばんいいのは、やはりこうだろう――死なないこと。なぜなら死ぬだけではじゅうぶんじゃないから。多くを必要としているぼくを、死は満たしはしない。

　マカベーアがぼくを殺した。

　彼女はやっと、自分から、ぼくたちから自由になった。驚かないでほしい、死は一瞬のことで、すぐに過ぎ去る。ぼくがそれを知っているのは、たったいま、あの女の子といっしょにぼくも死んだから。この死についてぼくを赦してほしい。避けることはできなかった。ぼくたちは壁にキスをしたことさえあるんだから、何だって受け入れられる。でもぼくは突然、最後の怒りと叫びとで顔をしかめたくなる。死すべき運命にある鳩たち!!!　生きることは、贅沢だ。

そう、もう終わり。

彼女は死んで、鐘が鳴るけれど銅の響きは鈍い。いまぼくはこの物語を理解している。それは、鳴りそうで鳴らない鐘のように差し迫っているもの。

ひとりひとりの偉大さ。

静寂。

いつか神様が地上に現れるなら、大きな静寂に包まれるだろう。

思考が思考することができなくなるくらいの静寂。

この結末は、あなたがたが求める壮麗なものになっていただろうか？　彼女は死んで空気になった。力を持った空気。わからない。彼女は一瞬で死んだ。瞬間というのは、高速で走る車のタイヤがいちど地面にふれて離れてまたふれるまでの刹那のこと。他のあれこれ。結局のところ、彼女はちょっと調子の狂ったオルゴールでしかなかった。

ぼくはあなたがたに問う。

「光の重さは？」

そしてあとは——あとは煙草に火を点けて家に帰るだけ。まったく、ぼくたちは死ぬということをやっと思い出した。でも——ぼくも?!

とりあえずいまはイチゴの季節だということは忘れずにいよう。

そう。

訳者あとがき

白地に赤のランダムボーダーと、同じく白地に赤のポルカドットの生地の切り替えがほどこされた、夏らしいワンピースを着て、真珠のように見える小さな白い玉の連なったネックレスを首から下げ、脚を組んで革の肘かけ椅子に座っている。鋭いまなざしのまま、笑顔らしいものを浮かべることなく――「今日は疲れているから気持ちが沈んでいるんです。いつもは陽気です」とも言っている――、インタビュアーの問いに淡々と、しかし真摯に答え、ときに右手に持ったマルボロをふかす――クラリッセ・リスペクトルが映った唯一のフィルムでの、彼女の姿である。この貴重な映像をTVクウトゥーラがサンパウロで撮影したのは、一九七七年二月のことだった。本書『星の時』はそのおよそ八ヶ月後に刊行された。

すでに執筆を終えていたというこの作品について、クラリッセはインタビューでいくつかの事実を述べている。貧しくてホットドッグばかり食べていた女の子の物語だが、主題はそれだけではなく、「踏みつぶされた無垢」「名もなき悲惨」（誰のものでもありうると同時に、見向きもされない悲惨、ということだろう）であること。舞台はリオデジャネイロで、主人公は北東部《ノルデスチ》、アラゴーアスから来た女の子だということ――それはクラリッセ自身も北東部のレシーフェで育ったからだと説明している。そして、リオのサン・クリストーヴァン広場で開かれる北東部市場を久しぶりに訪れ、半ば忘れていた土地の空気をつかんだとき、物語の着想を得たということ。

さらに、彼女自身が占い師のところに行き、よいことをたくさん聞かされたあと、タクシーで帰宅しようとしていたとき、そのタクシーに轢かれて死んでしまったら「可笑しい（engraçado）」だろうと想像したという経験も、この作品につながったという。ヒロインの名前をインタビュアーに尋ねられたときに、二十二分余りの映像のなかでいちどだけ、一瞬で消える微笑みを漏らして、「言いたくありません。秘密です」と答えている。そして、小説の題は十三あると述べている——それらの題は本書の扉のあとに並べられている。

　クラリッセは、自分がカード占い師に占ってもらった経験について自嘲ぎみに語っているが、友人の作家リジア・ファグンデス・テリスが、このことに関連する興味深い出来事を、笑い混じりに証言している。あるときリジアはクラリッセといっしょに飛行機に乗っていた。機体が雲のなかで激しく揺れて、凍りつくほど怖がっていると、クラリッセから、「リジア、怖がらないで。わたしはベッドの上で死ぬって占い師が言ってた。だから大丈夫」と励まされたという。

その予言は的中する。一九七七年十二月九日、クラリッセは、一ヶ月ほど前から入院していたリオデジャネイロのラゴーアにある病院で死去した。

一九二〇年十二月一〇日、ウクライナのチェチェルニクでユダヤ人の両親のもとに生まれたクラリッセは、ロシア内戦下で横行していたユダヤ人迫害から逃れるため、生後すぐに家族に連れられて亡命の途についた。二二年にブラジル北東部にたどり着き、幼少時代を、ペルナンブーコ州の歴史ある港町レシーフェで過ごした（ちなみに、二〇一四年のサッカーW杯ブラジル大会で、日本代表がコートジヴォワール代表と対戦した地である）。北東部《ノルデスチ》に広がる、灌木がまばらに生える乾燥地帯「セルタォン（sertão）」の荒涼感は、本作では、マカベーアやオリンピコの回想に、また気質に、滲み出ているように見える。

出産時の事故で体が不自由になっていた母親は、クラリッセが九歳のときに他界。クラリッセは十二歳で、家族とともに、当時ブラジルの首都だったリオデジャネイロに移住する。一九四三年、第一作の長篇小説『野生の心の近くに』を上梓。文壇から高い評価を受け、詩人レード・イーヴォは「これまでに女性がポルトガル語で書いた小説のなかで最良のもの」とまで述べた。『星の時』の英訳者ベンジャミン・モーザーによれば、その題が、当時恋人でもあった作家ルシオ・カルドーゾの助言によって、ジェイムズ・ジョイス『若き芸術家の肖像』の一節「He was unheeded, happy, and near to the wild heart of life.」から取られていたため、ジョイスの文体の影響を見て取る批評家も多かったが、実際にはクラリッセはそのときまだこのアイルランドの作家の著作を読んだことはなかったという（ちなみにベンジャミン・モーザーは二〇一五年に刊行され、世界的な再評価のきっかけとなったクラリッセの英語版短編全集 *The Complete Stories* の編者でもある。翌一六年にはこの短編全集はブラジルに「逆輸入」され、原文のポルトガル語で *Todos os Contos* として刊行されている）。

学生時代に結婚した夫が外交官となったため、クラリッセも十六年にわたって、スイス、イギリス、アメリカで暮らしたのち、夫との別居をきっかけにリオデジャネイロに戻った。そこで彼女は、『家族の絆』（六〇年）、『G・Hの受難』（六四年）、『禁じられた幸福』（七一年）、『流れる水《アグア・ヴィーヴァ》』（七三年）といった代表作を次々と世に送り出していく（『家族の絆』と『G・Hの受難』は、集英社「ラテンアメリカの文学」第十二巻として一九八四年に邦訳が刊行されている）。ただ、彼女の作家業での収入は多くはなかったようだ。

　これらのうち、『家族の絆』や『禁じられた幸福』――その短篇のひとつ、レシーフェでの少女時代に経験したカーニヴァルの切なく甘い記憶を描いた「カーニヴァルの残りもの」は、拙訳が『世界の文学、文学の世界』（松籟社、二〇二〇年）に収録されている――のような短篇集は、簡素で的確な描写が積み重ねられた「読みやすい」作品になっており、ストーリーテラーとしてのクラリッセの紛う方ない技芸をうかがうことができる。そこには、哲学めいた、飛躍が多いとも感じられる思弁は少なく、出来事と登場人物の感情の動きがあざやかに巧みに描き出されている。

いっぽう『G・Hの受難』や『流れる水』、本書『星の時』のような中長篇作品でクラリッセは、言葉で築き上げた迷宮にみずから深入りしていくように、語りを紡ぎ出している。たとえば『G・Hの受難』の次のような一節。「死ぬことについては、そう、わたしは知っていた。死ぬことは先のことであろうし、想像でき、想像する時間にはわたしはこと欠かなかった。しかし、瞬間、この瞬間——現状——これは想像できることではなく、現状とわたしの間に間隔はない。わたしのなかで今なのだ」（高橋都彦訳）。

あるいは『流れる水』の次のような書き出し。「本当に深いよろこびをもって。これほどの歓喜。ハレルヤとわたしは叫び、そのハレルヤは、別れの苦しみの際に人間が発する、黒々とした怒号、同時に悪魔の幸福の叫びでもあるような怒号と混ざってひとつになる。だってもう誰もわたしを捉えることはないから。わたしは理性の力を持ち続けている——わたしは数学を学んだ。数学は理性の狂気だ――でもいまわたしが望んでいるのは血漿――わたしは胎盤から直に栄養を取りたい」。

クラリッセの、「晦渋（hermético）」と評されることも多いこれらの作品を読み慣れた人にとって、『星の時』で彼女が創造した「ロドリーゴ・S・M」という語り手が綴る文章が、クラリッセ自身の文章にきわめて近いものであることは明らかだろう（作中では、語り手が男でなければならない理由について「女の書き手というものは、つまらないことですぐに涙ぐむから」と言われているが）。

また、著者もあえてそのことを隠そうとしていないように見える。先に言及したインタビューでも、クラリッセは「わたしは簡潔に書く（Escrevo simples.）」「わたしは文章を飾り立てない（Eu não enfeito.）」と断言しているが、同様の言葉が本作中でロドリーゴ・S・Mからも発せられている。

フランスの批評家ジェラール・ジュネットは、「物語（récit）」すなわち作品として構成されたテクストにおける「物語内容（histoire）」と「物語行為／語り（narration）」とを区別して考えた。たとえばマルセル・プルーストの『失われた時を求めて』は、語り手が、作中で語られる、数十年にわたるさまざまな出来事の継起＝「物語内容《イストワール》」がすべて終わったと仮想される時点から、小説の執筆＝「物語行為《ナラシオン》」を始めているように読むことができる。出来事は、時系列に沿って語られるとは限らないし、詳細に記述されるものもあれば、ごく簡潔に記述されるものや省かれるものもある。「物語行為《ナラシオン》」によって組み立て直され、語り直された「物語内容《イストワール》」が「物語《レシ》」となる。

　この『星の時』を例に取ると、マカベーアが上司やグローリアやオリンピコや占い師と出会って進んでいくストーリーが「物語内容《イストワール》」に当たり、いっぽうで、それを題材として語り手ロドリーゴ・S・Mが小説の文章を綴ってゆく作業（その作業を取り巻く事柄についてもたびたび書かれている）が「物語行為《ナラシオン》」に当たる。

　忘れてはならないのは、ロドリーゴの歯の痛みが続いている――シェイクスピア『から騒ぎ』の「For there was never yet philosopher / That could endure the toothache patiently」をほのめかしているのだろう――とか、白ワインを飲みながら書いているとか、疲れたから執筆を数日間中断するとかといった雑事や、自分の存在や死をめぐる唐突な省察など、「物語内容《イストワール》」にはまったく関わりのない、「物語行為《ナラシオン》」にまつわる文章もまた、「物語《レシ》」を構成する要素になっているということである。語り手がたびたび物語に介入してくることは、とりわけ本作の大きな特徴となっている。

すでに見たように、クラリッセが北東部から来た自分を、少女マカベーアにある程度は重ね合わせていたことは間違いない。同時に作家としての自分を、語り手ロドリーゴに投影していることも明白である。そのように考えると、物語を「生きる」自己と、物語を「語る」自己とに、つねにみずからを「身分け」しなければならない「作者」の運命が、『星の時』には体現されていると言える。

アイルランドの作家コルム・トビーンは、これらふたつの焦点について、「人生の無垢な犠牲者であるマカベーアと、自分自身の失敗の犠牲者である、自意識の過剰な語り手の、どちらをより憐れむべきなのか、判断するのはむずかしい。無知すぎる者か、知りすぎている者か」と書いている。もし本当にわたしたちが「憐れむべき」なのだとしたら、そのような二者に永遠に自身を分けるという使命を引き受けた、書くことを選んだ一者が対象になるのだろう。

『星の時』は、ブラジルの映画作家スザーナ・アマラウによって映画化され、八五年に公開されている。大胆にも、原作にあるロドリーゴの存在は完全に削られ、マカベーアの身に起こる出来事だけでシナリオが構成されている。そして、驚くべきことにと言えるだろうが、ブラジルの慎しい少女の暮らしを描いた、哀しく美しい作品に仕上がっている——マカベーアを演じた女優マルセーリア・カルタッショがベルリン国際映画祭で銀熊賞を獲得した事実は、その証拠のひとつになるだろう。すでに死去していたクラリッセがこの映画を見たら何と感じたかは、想像の域を超える。

二〇二〇年六月に他界したスザーナ・アマラウは、生前のインタビューで、クラリッセの『星の時』について次のように語っている。

「アメリカで映画の勉強をしているとき、クラリッセの作品を全部読みました。そして映画化する作品を探していたとき、『星の時』がぴったりだと感じました。彼女の最後の本『星の時』に深く共感したのです。というのも、わたしはブラジルの外にいてブラジルを見出したからです。マカベーアは〝つかみどころのないヒロイン（heroína sem nenhum caráter）〟だと思います。〝下品な〟という意味の sem caráter ではなく……。マクナイーマに対応する人物と言えるでしょう。彼女はブラジルのイメージなのです。マカベーアはブラジルの肖像です。少なくともあの時代の」

そう言われてみると「マクナイーマ（Macunaíma）」と「マカベーア（Macabéa）」

の音と綴りの近似も、ひそかに意図されたもの、あるいは無意識に生み出されていたもののようにも思えてくる。サンパウロの作家マリオ・ヂ・アンドラーヂが一九二八年に出した小説『マクナイーマ』の同名の主人公は、肌の黒い先住民の子で、怠惰で卑怯で色好みで幼稚で豪放な「英雄《ヒーロー》」として描かれ、ブラジル人の象徴と受け止められてきた。奇遇だがこの小説も拙訳で、『マクナイーマ――つかみどころのない英雄』（松籟社、二〇一三年）として刊行されている。Macunaíma は、オリノコ川流域の先住民の言葉で「大きな悪」という意味を持つ。いっぽう Macabéa は、「死に関する、不吉な」という意味のポルトガル語の形容詞 macabra を想起させる。

　ふたりの登場人物の比較がどこまで妥当なのか、すでにスザーナ・アマラウが死去したいまとなっても、両方の小説を訳していながら、訳者には、正確に見極めることはむずかしいように思われる。クラリッセ本人がマカベーアについて語っていた「踏みつぶされた無垢」「名もなき悲惨」という言葉に立ち返ってみれば、マクナイーマも侵略と植民の歴史の結果そのような性格を負うことになった、虐げられた持たざる人びとの象徴としてマカベーアに「対応する人物」と見ることができるだろうし、いっぽうマカベーアは、スザーナ・アマラウが言うように、その時代の「ブラジル人の肖像」であると同時に、より広く、辺境から大都会に出てきて、あまりにも無垢で、自分が不幸であることを知らないという幸福のうちに生き延びる、同様の境遇にある「現代人の肖像」と見ることも可能なのかもしれない。

本訳書の底本には Clarice Lispector, *A Hora da Estrela*, Rio de Janeiro, Rocco, 1997 を使用し、Benjamin Moser による英訳 *The Hour of the Star*, New York, New Direction Books, 2011 を適宜参照した。

クラリッセ・リスペクトルは、自作の翻訳について、文章が奇妙に見えるとしてもそれは原文に由来するものだとして、一言一句、点の位置まで原文に忠実に訳すことを求めていたという。英訳の多くはその要求に応えている。言語の構造が近いことは、それが可能だった理由のひとつに挙げられるだろう。

いっぽうでこの日本語訳は、訳者と、編集者の竹花進氏との入念な打ち合わせに基づいて、原文の意図を汲みつつ、日本語の文章として読みやすいものにすることを優先した。それがむしろ作品の本来の力を尊重することになるという判断の上でだが、もし訳者があの世でクラリッセに出会ったら、叱られるならまだいいほうで、口も利いてもらえないかもしれないと思いつつ訳業を進めた。そんな折りが訪れることがあれば、わずかでも釈明の時間をもらえることを願いつつ筆を擱《お》く。

福嶋伸洋

クラリッセ・リスペクトル

（Clarice Lispector）

1920年、ウクライナ生まれ。ユダヤ人迫害から逃れ生後まもなくブラジルへ移住。1943年、デビュー作となる長篇『野生の心の近くに（Perto do Coração Selvagem）』が高い評価を受け、グラッサ・アラーニャ賞を受賞。結婚ののちスイス、イギリス、アメリカで16年間にわたる海外生活を送り、1959年に別居しリオデジャネイロに戻る。邦訳のある著書に『G・Hの受難／家族の絆』（高橋都彦＋ナヲエ・タケイ・ダ・シルバ訳、1984年、集英社）があり、他の著書に『暗がりの中のリンゴ』（1961年）、『禁じられた幸福』（1971年）、『流れる水』（1973年）などがある。1966年に寝煙草による火災で右手に大やけどを負い、後遺症が残る。1977年、57歳の誕生日を目前にして死去。遺作となった本書『星の時』（1977年）は、1985年に映画化され、ベルリン国際映画祭で銀熊賞女優賞を受賞した。

福嶋伸洋

（ふくしま・のぶひろ）

1978年、新潟県生まれ。共立女子大学文芸学部准教授。著書に、『魔法使いの国の掟——リオデジャネイロの詩と時』（慶應義塾大学出版会）、『リオデジャネイロに降る雪——祭りと郷愁をめぐる断想』（岩波書店）、訳書に、マリオ・ヂ・アンドラーヂ『マクナイーマ——つかみどころのない英雄』（松籟社）、ヴィニシウス・ヂ・モライス『オルフェウ・ダ・コンセイサォン——三幕のリオデジャネイロ悲劇』（松籟社）がある。

星の時

2021年3月20日　初版印刷
2021年3月30日　初版発行

著　者　クラリッセ・リスペクトル
訳　者　福嶋伸洋
発行者　小野寺優
発行所　株式会社河出書房新社
〒151-0051
東京都渋谷区千駄ヶ谷 2-32-2
電話 03-3404-1201（営業）
03-3404-8611（編集）
http://www.kawade.co.jp/
印　刷　モリモト印刷株式会社
製　本　加藤製本株式会社

Printed in Japan　ISBN978-4-309-20819-0
落丁本・乱丁本はお取り替えいたします。